세리의 크레이터

세리의 크레이터

정남일 소설

교유서가

차례

세리의 크레이터

세리의 이름은 소행성 세레스에서 따왔다. 세리의 어머니가 세리를 가진 걸 알게 된 날, 하늘에서 운석이 떨어진 게 그 이유였다. 세리는 그날 운석이 떨어지지 않았다면 자신은 태어나지 못했을 거라고 말했다. 자신은 원해서 생긴 아이가 아니었고, 엄마는 너무 어렸다고. 무엇보다 당시에 미혼모를 보는 시선은 지금보다 더 차가웠을 거라고 덧붙였다. 나는 세리의 말에 동의한다는 뜻으로 고개를 끄덕였다. 그러자 세리는 더욱 힘주어 말했다.

"운석이 떨어지는 걸 보고 엄마는 생각을 바꾼 거야."

세리의 마지막 말은 선뜻 이해되지 않았다. 운석이 떨어지는 걸 본 것과 세리를 낳겠다고 결정한 것이 서로 어떤 연관이 있는지 알 수 없었다. 나는 세리의 전 남자친구이자 내 친구였던 '오'가 했던 말을 떠올렸다. 오는 어쩌면 세리의 어머니가 운석이 떨어지는 걸 일종의 계시로 여겼을지도 모른다고 말했다. 내가 이해가 안 된다는 표정을 짓자 오는 예전 시골 사람들은 다 그랬다는 식의 엉뚱한 논리를 펼쳤다. 어쨌든 오는 세리의 이야기를 듣고 거대한 운석이 하늘에서 떨어지는 상상을 했다고 한다. 어두운 밤하늘을 가르며 맹렬하고 아름답게 떨어지는 운석이 지상에 닿을 때 다 타고 없어져 작은 돌 정도로만 남는 장면을 머릿속으로 그렸다고. 나는 그렇게 말하는 오의 모습이 왠지 모르게 씁쓸해 보였다. 아마도 오는 그즈음 세리와 관계가 예전 같지 않다고 생각했던 것 같다. 실제로 둘은 얼마 지나지 않아 헤어졌다.

세리는 오와 헤어지고 나를 자주 찾았다. 나는 오의 눈치를 보긴 했지만, 세리와 딱히 거리를 두지는 않았다. 아니, 오히려 계속 이렇게 세리가 나에게 의지해주기를 바랐다. 이미 오래전부터 세리에 관한 감정이 친구 이상으로 바뀌었다고 스스로 인정한 상태였다. 단지 오가 있었기에 드러내지 않았을 뿐이었다. 어쨌든 그날 밤도 세리는 나를 찾았다. 늦은 시간이었지만 나는 세리를 만나러 갔다.

세리는 조금 취해 있었다. 대화는 자주 끊겼고 어색한 침묵이 이어졌다. 장소가 세리의 집이어서 그런 것도 같았다. 세리는 느닷없이 내 회사 생활에 관해 물었다. 나는 그냥 뭐 늘 똑같지, 하고 적당히 대답했다. 그 뒤에도 세리는 평소라면 묻지 않았던 질문을 몇 가지 던졌다. 그중 하나가 집에서 나와 살 생각은 없느냐는 거였다. 나는 그때까지만 해도 세리의 속내를 전혀 눈치채지 못했다. 그저 고개를 저으며 아직 생각 없어, 하고 웃어 보였다. 세리는 머뭇거리다가 입을 열었다.

"그래도 집에서 나오면 출퇴근 시간은 줄일 수 있잖아."

나는 그렇다고 고개를 끄덕였다. 세리는 맥주 한 모금을 들이켜고서는 나직한 목소리로 말했다.

"그럼 이 집에 들어와 같이 살래?"

나는 가만히 입만 벌리고 멍청하게 앉아 있었다. 세리 또한 내 대답을 한참이나 기다렸다. 곧이어 내가 거

절했다고 생각했는지 고개를 숙였다. 나는 그제야 정신을 번쩍 차리고 세리를 향해 알겠다고, 그러자고 재차 말했다.

그 뒤로 모든 일은 빠르게 진행되었다. 나는 세리의 오피스텔 보증금을 마련해 그대로 오에게 갖다주었다. 오는 세리에게 이미 상황을 들었는지 담담해 보였다. 오는 돈을 받은 뒤 물었다.

"네가 세리를 감당할 수 있을 것 같아?"

나는 고개를 끄덕였다. 세리는 내 대학교 동기였다. 오 역시 나를 통해서 세리를 알게 된 거였다. 오만큼은 아니겠지만 나 역시 세리를 잘 알고 있었다. 그럼에도 오는 냉소적인 웃음을 지으며 말했다.

"네 생각과 많이 다를 거야."

오는 내가 아무 말도 하지 않자 단단히 미쳤네, 하고 중얼거리고 뒤돌아서 가버렸다. 확실히 나는 제정신이 아니었다. 세리는 내 출퇴근이 오히려 집에 있을 때보다 멀어진 걸 알게 된 뒤 자신이 집세를 모두 부담하겠다고 말했지만, 나에게 그런 건 중요하지 않았다. 그보다는 지금껏 상상했던 일이 현실이 되었다는 게 믿기지 않을 뿐이었다. 매일 저녁 세리와 같은 식탁에 앉아 같은 음식을 먹었다. 그리고 어느새 같은 침대에서 잤다.

한 침대를 쓰면서부터 세리에 관한 몇 가지 새로운 사실을 알게 되었다. 세리의 잠버릇이나 살 냄새, 성감대 등이 그랬다. 배꼽 밑에 점 두 개가 나란히 있다는 것도 얼마 전에 새로 알았다. 세리와 십 년을 넘게 알고 지냈지만, 같이 살게 된 한 달 조금 넘는 시간에 비하면 아무것도 아니었다는 생각이 들 정도였다. 나는 세리의 모든 걸 알고 싶었다. 그래서 세리의 말이라면 항상 귀 기울여 들었다. 세리 역시 이런저런 사소한 이야기를 늘어놓는 걸 좋아했다. 나는 그런 세리를 보며 행복이 이런 게 아닐까, 싶었다. 하지만 어젯밤 세리와 나눈 대화는 오피스텔에 들어온 게 후회될 만큼 충격적이었다.

세리는 아이를 가졌다고 말했다. 여느 때보다 담담하고 차분한 말투였다. 이미 오전에 병원에서 확인했다고 덧붙였다. 날짜를 따져봤을 때 내 아이는 아니었다. 아마도 오의 아이일 가능성이 컸다. 아니, 오의 아이가 확실했다. 나는 멍하니 앉아 있다가 세리가 했던 말을 토대로 날짜를 계산했다. 세리는 그런 내 생각을 읽었는지, 내가 오피스텔에 들어와 살기 전이라고 짧게 덧붙였다. 나는 아무 말도 못 하다가 한참 뒤에서야 아이를 어떻게 할 건지 물었다. 세리 역시 잘 모르겠다고만 대답했다.

이제 세리는 어느 정도 결심이 선 모습이었다. 자신의 배 위에 손을 올리고 조금 전에 했던 말을 반복했다.

"운석이 떨어지는 걸 보고서 엄마는 생각을 바꾼 거였어."

나는 설마, 하는 생각으로 세리를 쳐다보며 물었다.

"그래서 너도 운석이라도 봤다는 거야?"

"아니, 그건 아닌데 한번 봐야겠어."

세리는 그렇게 말한 뒤 창문 밖으로 시선을 돌렸다. 하늘을 가만히 올려다본다고 운석이 떨어질 일은 없었다. 그럼에도 세리는 진지한 표정으로 말했다.

"운석이 떨어지기까지 기다릴 수는 없으니까, 대신 운석이 떨어진 곳이라도 가보려고."

곧이어 세리는 '초계분지'라는 낯선 지명을 한 군데 알려주었다. 초계분지는 무려 오만 년 전에 소행성이 떨어지면서 생긴 지형이라고 했다. 경상남도 합천

군 적중면과 초계면에 걸친 분지, 즉 작은 산으로 둘러싸인 동네였다. 나는 초계분지에 간다고 해도 어떤 심경의 변화가 생길 것 같지는 않았다. 무엇보다 오만 년 전이면 이제 막 한반도에 호모사피엔스가 들어와 살았을 것으로 추정되던 때였다. 세리는 가늠도 안 될 만큼 오래전 일인데도, 초계분지에 중요한 단서라도 숨겨져 있는 것처럼 굴었다. 사실 세리는 가능하다면 자신의 어머니가 보았던 운석, 그 운석이 떨어진 곳을 가보고 싶어 했다. 하지만 그곳은 이미 대규모 택지개발이 이루어지면서 지금은 흔적조차 남아 있지 않았다. 나는 약간 의아했다. 정말 운석이 떨어졌다면 정부나 관련 기관에서 어떤 식으로든 관리했을 것 같았다. 어쨌든 초계분지에 가겠다는 말은 농담이 아니었다. 현관문 옆에는 이미 작은 캐리어가 준비되어 있었다.

"언제 출발할 건데?"

그 물음에 세리는 내가 준비되는 대로 갈 생각이라고 했다. 나 역시 커다란 가방을 하나 준비해놓긴 했었다. 하지만 그건 오피스텔에서 나가기 위해서지, 세리의 기사 노릇이나 하려고 준비한 건 아니었다. 나는 세리에게 같이 갈 생각이 없다고 잘라 말했다. 더불어 배

속 아이에 관한 생각이 정리되면 연락 달라고 했다. 세리는 아무런 대답도 하지 않았다. 나는 곧장 자리에서 일어나 방으로 향했다. 그러고는 짐을 정리하기 시작했다. 짐이 많지 않아 그다지 오랜 시간이 걸리지 않았다. 옷 몇 벌과 노트북 등이 전부였다. 그 외에는 없어도 그만인 것들이었다. 하지만 나는 가방에 짐을 다 넣고서도 선뜻 현관문을 열고 나갈 수 없었다. 이러지도 저러지도 못한 채 그대로 거실 한가운데에 서 있었다. 세리는 그런 나를 보며 또다시 같은 말을 반복했다.

"엄마가 그날 생각을 바꾸지 않았더라면, 나는 태어나지 못했을 거야."

아무래도 세리는 이미 결심을 한 것 같았다. 초계분지에 가는 것도 결심을 확고히 다지기 위해서인 것처럼 보였다. 나는 세리에게 강하게 말했다.

"어머니가 아신다면 극구 말리시겠지."

"초계분지에 갔다 온 뒤에 엄마에게 알릴 생각이야."

나는 마음대로 하라고 말한 뒤 현관문 앞으로 가 신발을 신었다. 어젯밤부터 지금까지 여러 감정이 뒤섞인 상태였다. 이제야 가까스로 세리와 함께하게 되었는데 이런 일이 벌어졌다는 게 어처구니없었다. 세리를 감당할 수 없을 거라는 오의 말이 떠올랐다. 나는 그 말을 어느 정도는 인정할 수밖에 없었다. 동시에 오를 향한 질투가 치밀어올랐다. 가방을 메고 현관문을 열었다. 그때 등 뒤에서 세리가 나를 붙잡았다. 나는 세리의 손을 뿌리치지 못했다. 곧이어 세리는 미안하다며 나를 끌어안았다. 자신도 혼란스러워 내 마음을 헤아리지 못했다며 눈물을 흘렸다. 이 와중에도 가장 먼저 든 생각은 세리가 예쁘다는 거였다. 나도 모르게 손을 뻗어 세리의 볼에 흐르는 눈물을 닦아주었다. 그러자 세리는 나를 더욱더 꼭 끌어안으며 나지막이 말했다.

"네가 계속 내 옆에 있었으면 좋겠어."

어느새 나는 초계분지에 가기 위해 짐을 챙기고 있었다. 준비를 마치자 세리는 곧바로 출발하자고 말했다. 나는 가방을 메고 현관문을 나서면서도 세리와 같이 초계분지에 가는 게 옳은 일인지 헷갈렸다. 하지만 이대로 세리의 집에서 뛰쳐나온다고 해도 밤새 술만 마실 거였다. 그럴 바에는 운전에라도 집중하는 편이

나을지도 몰랐다. 마침 주말이었고 저녁이라 도로가 막힐 일도 없었다. 나는 애써 그렇게라도 스스로 위안 삼았다.

　지하 주차장으로 내려가 차에 시동을 걸었다. 세리는 그사이 기분이 조금 나아진 것처럼 보였다. 우리의 첫 여행이라며 웃어 보였다. 나는 이것도 여행이라고 할 수 있을까, 싶었지만 굳이 토를 달지 않았다. 그리고 늘 세리를 차에 태우면 그랬던 것처럼 커피 전문점 드라이브 스루로 향했다. 아메리카노 두 잔을 주문했고 담배와 라이터를 꺼내 기어봉 앞 수납함에 두었다. 세리 역시 아메리카노를 받자마자 능숙하게 빨대 포장지를 뜯어 각자의 잔에다가 꽂았다. 곧이어 우리는 창문을 내리고 각자 담배를 입에 물었다. 하지만 담배에 불을 붙이려는 순간 세리는 아, 하고 짧은 탄식을 내뱉었다. 나는 그제야 세리의 아이가 떠올랐다.

　세리는 마치 큰 결심을 한 사람처럼 담배는 물론, 커피도 마시지 않았다. 덕분에 나는 커피를 두 잔이나 마시게 되었다. 내비게이션에는 자정쯤 도착한다고 나왔다. 이왕 이렇게 된 거 초계분지에 갔다 오는 동안 세리를 설득해볼 생각이었다. 아직 세리는 아이를 낳아 기른다는 게 어떤 의무와 책임이 따르는지 모를 거였다. 경부고속도로에 진입했을 때 세리에게 조심스럽게 물었다.

"오한테 얘기했어?"

세리는 고개를 끄덕였다.

"뭐래?"

세리는 창밖으로 시선을 고정한 채 말했다.

"내 선택을 따르겠다고."

오다운 대답이었다. 상황이 닥쳐봐야 알겠지만 오라면 아이를 같이 책임지겠다고 할 수도 있었다. 만약 오가 정말 그렇게 나온다면 나는 어떻게 해야 할지 궁금했다. 자연스럽게 세리와 헤어지는 그림이 그려졌다. 아직 오는 세리를 못 잊고 있었다. 어쩌면 오피스텔 보증금을 다시 내 계좌로 이체해주는 일이 벌어질지도 몰랐다. 반면 세리가 나와 헤어지기를 원하지 않는다면 어떻게 될지 궁금했다. 거기까지 생각이 미치자 세리, 오와 세리 사이에서 낳은 아이, 그리고 내가 함께 서 있는 모습을 상상하게 되었다. 그다지 이상적인 가족의 형태는 아니었다. 나는 입이 바짝 마르는 것 같아 급하게 커피를 찾았다.

세리는 커피를 마시지 못해서 그런지 힘이 없었다. 하루에도 커피를 서너 잔은 마시니 그럴 만도 했다. 나는 밤하늘을 쳐다보았다. 그래도 도심을 벗어나자 조금씩 별이 보이는 것도 같았다. 세리에게 밤하늘을 잘 쳐다보라고, 혹여나 별똥별이 떨어지는 걸 보게 된다면 초계분지까지 갈 필요 없지 않겠느냐고 말했다. 농담조로 꺼낸 얘기였지만 세리는 웃지 않았다. 대신 세리는 별똥별과 운석의 차이에 관해 설명했다. 우주에서 지구로 떨어지는 천체가 대기와 부딪치면서 마찰열 때문에 다 타버리면 별똥별, 타고 남아서 지표까지 도달하면 운석이라고 했다. 그리고 유성은 천체가 떨어지는 도중을 가리킨다고도 덧붙였다.

"나는 별똥별이 아니라 운석이 떨어지는 걸 보고 싶어. 그게 어려워서 운석이 떨어진 자리, 즉 초계분지를 보러 가는 거고."

나에게는 뭐든 별 차이가 없어 보였지만 세리는 그렇지 않은 듯했다. 세리는 운석 이야기가 나오자 힘이 나는지 눈을 반짝이며 초계분지에 관해 설명했다. 초계분지는 무려 직경 이백 미터의 운석이 떨어진 자리였다. 물론, 까마득하게 오래된 일이었지만 당시에 한

반도에 미친 영향은 거대했다. 운석이 충돌된 지점에는 직경 칠 킬로미터의 움푹 파인 구덩이, 즉 크레이터가 생겼다. 운석이 충돌된 지점부터 반경 오십 킬로미터는 초토화되었고 이백 킬로미터는 허리케인급의 열 폭풍이 불어닥쳤다. 지금으로 따지면 경상도와 전라도는 물론이고 충청도와 경기도 일부까지 아우르는 크기였다. 그리고 반경 내 사람 대부분과 동식물이 그대로 사라져버렸다.

세리는 사라져버렸다고 할 때 마치 옆에서 그 광경을 지켜본 사람처럼 흥분해서 말했다. 나는 조금 의아했다. 세리의 말대로라면 초계분지는 한반도에 있는 상당 부분의 생물을 사라지게끔 만든 자연재해, 그것도 우주에서부터 시작된 자연재해의 증거였다. 자연재해가 일어났던 곳을 가보고 아이를 낳을지 말지 결정한다는 게 모순 같았다. 하지만 세리는 내 생각을 들은 뒤 그렇게 단순하게 여겨서는 안 된다고 했다. 그러고는 차창 밖으로 달을 찾더니, 달 또한 '테이아'라는 행성이 지구와 충돌하면서 생겼다는 설이 가장 유력하다고 했다. 세리의 입에서 달까지 나오자 더는 할 말이 없었다. 반면 세리는 마침표를 찍겠다는 듯 특유의 또랑

또랑한 목소리로 말했다.

"천체충돌은 크든 작든 항상 우리에게 영향을 미쳤던 거야."

이런 대화가 계속된다면 세리를 설득하기 어려웠다. 일단 세리가 천체충돌이나 운석에 관해 너무 큰 의미를 부여하는 게 문제였다. 나는 차 속도를 높이며 말했다.

"그냥 우연히 운석이 지구에 떨어지는 것뿐이잖아, 너무 큰 의미를 부여할 필요는 없어."

"우연?"

"응, 우연."

세리는 그 말을 듣자마자 나에게 운석이 어디서 오는지 아느냐고 물었다. 나는 그다지 궁금하지 않았지만 일단 들을 수밖에 없었다. 세리는 운석 대부분이 화성과 목성 사이의 소행성대에서 온다고 알려주었다. 소행성대는 수많은 소행성으로 이루어져 있는데 그중 하나가 우연히 목성의 인력에 이끌려 소행성대를 이탈한 뒤, 다시 태양의 인력에 이끌려 태양을 향해 날아오다가 또다시 지구의 인력에 우연히 이끌려 지구로 떨어져야 운석이 된다는 거였다. 쉽게 말해 소행성이 목성, 태양, 지구 순으로 인력에 이끌려 떨어져야 한다는 얘기였다. 설명을 마치고 세리는 웃으며 말했다.

"다시 말해 나는 수많은 우연이 겹쳐져 태어날 수 있었던 거야."

세리의 긴 설명을 듣는 사이 초계분지에 도착했다. 적당한 곳에 차를 세운 뒤 세리를 쳐다보았다. 세리는 곧장 차에서 내렸다. 나는 세리를 따라 차에서 내리며 주변을 살폈다. 그 흔한 가로등 하나 없었다. 만약 차 전조등을 끈다면 아무것도 보이지 않을 거 같았다. 세리는 전조등 불빛에 의지해 앞으로 걸어 나갔다. 나는 세리를 따라 걸으며 물었다.

"초계분지에 와보니까 어때?"

내심 세리가 실망하기를 바랐다. 초계분지에 와서도 별다른 기분을 못 느낀다면 마음을 되돌릴 수 있을지도 몰랐다. 그리고 막상 마주한 초계분지는 그냥 평범한 시골 동네였다. 대부분 논이었고 읍내 또한 단출해 보였다. 그 흔한 편의점도 찾기 어려울 정도였다. 운석이 떨어질 당시에는 볼만했을지 모르겠지만 그건 무려 오만 년 전 이야기였다. 세리는 가만히 주변을 둘러본 뒤에 말했다.

"너는 믿을 수 있겠어?"

"무엇을?"

"이 마을 전체가 운석이 떨어진 자리, 즉 크레이터라는 사실 말이야."

세리의 목소리는 상기되어 있었다. 나는 세리의 기분을 조금이나마 누그러뜨리고 싶었다. 그래서 세리에게 주변이 어두워서 분지 지형인지도 잘 모르겠다고 대답했다. 내 말에 세리는 웃어 보이며 말했다.

"그럴 줄 알고 끝내주는 장소를 이미 다 찾아놓았지."

세리는 내일 아침에 갈 예정이니, 기대하라고 덧붙였다. 나는 적당히 고개를 끄덕인 뒤에 차에 올라타 묵을 만한 곳을 찾았다. 초계분지 안에는 마땅한 숙소가 없어서 합천군청이 있는 읍내까지 나가야 할 것 같았다. 세리는 숙소에 가기 전에 조금 더 걷고 싶다고 했다. 너무 어두운 탓에 차 전조등이 밝히는 곳 주변을 맴돌 뿐이었지만 그것만으로도 만족스러워 보였다. 나는 그 모습을 가만히 지켜보았다. 세리가 자신의 배 위에 손을 올렸다가 뗐다. 의식하고 하는 행동인지는 모르겠으나, 세리는 오늘 내내 비슷한 행동을 했었다. 문득 세리를 설득하지 못할 것 같다는 생각이 들었다. 세리는 이미 초계분지를 통해, 자신의 어머니가 그랬듯 배 속 아이를 낳아야만 하는 당위성을 찾은 것 같았다. 결국, 이 여행의 결말은 뻔히 정해져 있었다. 아마도 마지막에는 내 선택만 남을 거였다.

마지막 내 선택 역시 어느 정도 정해져 있었다. 결국, 오의 말이 맞았다. 나는 세리를 감당할 수 없을 거였다. 여행이 끝난 뒤 헤어지지 않는다고 해도 세리가 생각을 바꾸지 않는다면 우리의 결말은 빤했다. 그사이 세리는 산책을 마치고 차에 돌아왔다. 세리는 매우 흡족한 표정이었다. 천진난만한 얼굴을 하고서 나에게 숙소를 골랐느냐고 묻기까지 했다. 나는 그런 세리를 보고 있자 왜인지 모르게 억울한 기분이었다. 대뜸 세리에게 물었다.

"아이 낳을 거야?"

순간적으로 튀어나온 말이었다. 따로 규칙을 정한 건 아니었지만, 우리는 초계분지로 내려오는 차에서부터 서로 민감한 얘기를 하지 않기 위해 조심하고 있었다. 하지만 막상 대답이 없는 세리를 보자 답답했다.

세리에게서 어떤 얘기든 듣고 싶어졌다. 나는 말이 없는 세리를 향해 이런저런 이야기를 늘어놓았다. 아이를 혼자 기르면 현실적으로 어떤 문제가 생길지에 관한 내용이었다. 세리는 아무 말 없이 차창 밖만 보고 있었다. 나는 마지막이라는 심정으로 세리를 향해 다시 소리를 높여 말했다.

"아이만 낳지 않으면 네가 원하는 건 뭐든 해줄게."

세리는 여전히 말이 없었다. 나는 답답한 마음에 세리의 손을 잡으며 애원조로 한 번 더 물었다.

"정말 아이 낳을 거야?"

그제야 세리는 고개를 돌려 나를 쳐다보았다. 그러고는 온화한 목소리로 타이르듯 말했다.

"그것을 확인하고 싶어서 초계분지에 온 거잖아. 그래도 여행이 끝난 뒤에는 무언가 조금은 분명해지지 않을까?"

나는 세리의 모호한 말에 고개를 끄덕이면서도, 세리가 은연중에 '분명'에 힘을 주어 말한 사실을 놓치지 않았다. 세리의 말처럼 여행이 끝난 뒤에는 분명해질 거였다. 아이도 그렇고, 우리의 관계도 그랬다. 아니, 어쩌면 세리는 아이에 관해서는 이미 분명한 상태일지도 몰랐다. 세리가 확인하고 싶은 건 우리의 관계였고 그래서 이 멀리 초계분지까지 나를 데리고 왔을지도. 거기까지 생각하자 더욱 암담한 기분이었다. 어느새 세리는 피곤한 얼굴로 내 눈치를 보고 있었다. 나는 하는 수 없이 조금 전 찾아놓았던 숙소로 향했다.

다음날, 세리는 아침 일찍부터 나를 깨웠다. 갈 곳이 있다며 서둘러야 한다고 말했다. 어젯밤에 말한 끝내주는 장소를 이야기하는 것 같았다. 하지만 일어나기 쉽지 않았다. 밤새 이상한 꿈에 시달린 탓이었다. 꿈속에서 나는 거대한 구덩이 한가운데에 서 있었다. 나는 대부분의 꿈이 그렇듯 아무런 과학적 근거 없이 그 구덩이가 운석이 떨어져 생긴 크레이터, 그것도 세리의 이름을 따온 소행성, 즉 세레스의 크레이터라고 확신했다. 문제는 크레이터가 너무 넓고 깊어 빠져나올 수가 없다는 거였다. 크레이터 안에서 한참을 걷기도 하고 뛰기도 해봤지만 계속 제자리를 맴도는 기분이었다. 그렇게 내내 걷다가 지쳐 주저앉을 때쯤, 세리가 잠을 깨운 거였다.

그 꿈은 아무래도 세리 때문인 듯했다. 어제 종일 세

리가 운석, 소행성, 크레이터 그리고 초계분지에 관해 떠든 탓이었다. 또한, 세리에게서 못 벗어나는 지금 내 상황과 딱 들어맞기도 했다. 반면 세리는 아주 잘 잔 듯했다. 활기찬 목소리로 분주하게 움직였다. 커피와 담배를 즐기지 못해 힘들어할 줄 알았는데 전혀 그렇지 않았다. 오히려 평소에 먹지 않던 영양제까지 챙겨 먹으며 건강관리에 신경 쓰는 모습이었다. 어쨌든 나는 대충 씻고 옷을 갈아입은 뒤 짐을 챙겨 밖으로 나갔다. 세리는 어느새 밖으로 나와 차 트렁크에 자신의 캐리어를 올려놓고 있었다. 차에 올라타자 서둘러야 한다는 말과 함께 언제 준비했는지 모를 샌드위치를 건넸다. 나는 샌드위치를 입에 물고서 세리가 알려준 주소를 내비게이션에 입력했다.

운전하는 내내 피곤함이 가시지 않았다. 세리 역시 내가 피곤해 보였는지 어제 늦게 잤느냐고 물었다. 나는 세리에게 어젯밤 꿈에서 겪은 일을 말해주었다. 세리는 그 이야기를 듣자마자 키득거리며 말했다.

"그런데 꿈에서 본 크레이터는 세레스가 지구에 떨어져 생긴 건 아닐 거야."

"왜?"

"공룡을 멸종시킨 천체의 지름을 십에서 십오 킬로미터 정도로 추정하거든. 그런데 세레스의 지름은 무려 구백삼십구점사 킬로미터야."

세리는 그렇게 말한 뒤 손으로 자신의 목을 긋는 동작을 취하며 말을 덧붙였다. 만약에 세레스가 지구에 충돌한다면, 그 순간 인류를 포함한 모든 생명체는 순식간에 사라질 거라고. 나는 운석 이야기만 나오면 한없이 진지해지는 세리가 귀엽게 보이면서도 한편으로는 지나쳐 보였다. 특히 세레스의 지름, 그것도 소수점 자리까지 외우고 있는 걸 보면 천체나 운석, 크레이터 등에 너무 깊게 빠져 있는 것 같았다. 지금도 세리는 내 꿈속의 크레이터의 크기가 어떤 천체가 떨어져야 비슷할지 궁금하다며 제대로 발음하기도 어려운 소행성의 이름을 나열했다.

그사이 내비게이션은 목적지에 도착했다고 알려주었다. 도착한 곳에는 빨간색 컨테이너를 이어붙인 작은 건물이 있었다. 기념품 가게처럼 보였다. 기껏해야 운석 열쇠고리나 초계분지가 그려진 휴대폰 케이스를 팔겠지. 그러나 가까이에 다가가자 전혀 생각지도 못한 간판이 보였다. '합천 패러글라이딩 파크'. 무언가 일이 심상치 않게 돌아간다는 걸 느꼈다. 슬쩍 세리를 보았다. 세리는 나를 향해 배시시 웃어 보였다. 나는 설마, 하는 마음으로 나 자신을 손으로 가리켰다. 세리는 어느 때보다 천진난만한 표정으로 고개를 끄덕였다. 나는 고개를 저었다. 곧바로 주차해놓은 차로 돌아가며 세리에게 이건 아니라고, 나는 롤러코스터도 못 탄다고 말했다. 세리는 그대로 내 팔을 붙잡고 늘어지며 자신의 말 좀 들어보라고 소리쳤다.

꽤 긴 시간을 실랑이한 끝에 일단 대암산 정상까지는 따라가기로 했다. 대암산 정상에는 활공장(滑空場), 다시 말해 패러글라이딩을 시작하는 지점이 있다고 했다. 그곳에 오르기만 한다면 굳이 패러글라이딩을 하지 않아도 초계분지를 한눈에 들여다볼 수 있다고 했다. 우리는 직원 안내를 받아 승합차에 올라탔다. 나는 승합차에 올라타면서도 세리에게 재차 패러글라이딩을 안 할 것이라고 다짐하듯 말했다. 그러자 세리는 나를 흘겨보며 말했다.

"나는 지금 패러글라이딩 할 수 없는 상황인 거 알잖아."

그게 왜 내가 패러글라이딩을 해야 하는 이유인지

알 수 없었지만, 세리의 표정이 워낙 좋지 않았기에 더 대꾸하지 못했다. 그사이 차는 좁고 가파른 산길로 진입했다. 승합차는 마치 곡예라도 하듯 순식간에 산 정상의 작은 주차장까지 올라갔다. 차에서 내린 뒤 직원의 안내에 따라 조금 더 산을 오르자 활공장이 나왔다.

활공장에서 바라본 초계분지는 세리의 말처럼 끝내주는 장소인 건 틀림없었다. 산으로 둘러싸인 움푹 파인 지형은 무려 오만 년의 시간이 흘렀어도 운석이 떨어진 자리, 크레이터임이 분명해 보였다. 세리는 초계분지를 말없이 보고만 있었다. 평소와 달리 차분해 보였다. 나는 세리가 무슨 생각을 하고 있는지 궁금했다. 세리는 또다시 자신의 배 위에 손을 조심스럽게 갖다 대었다. 세리의 손이 조금 떨리고 있었다. 나는 그제야 어쩌면 세리 역시 겁내고 있을지도 모른다고 생각했다. 사실 결혼 제도 밖에서 아이를 낳는다는 게 어떤 의미인지 누구보다 잘 알고 있는 것도 세리였다.

직원이 패러글라이딩 장비를 가지고 활공장으로 올라왔다. 직원은 국방색으로 된 옷을 건네며 지금 입고 있는 옷 위에 그대로 입으면 된다고 설명했다. 내가 안 한다고 말하려는 순간, 세리가 어느새 내 곁으로 와 옷으며 말했다.

"네가 패러글라이딩 하는 모습을 보고 싶어."

직원 역시 부추겼다.

"와이프가 임신 중이라 못 한다면서요. 대신 좀 해달라는데 해주지 그래요?"

나는 와이프라는 말에 대뜸 말문이 막혀버렸다. 직원은 마치 나를 격려하듯 내 어깨를 잡으며 가만히만 있으면 된다, 별거 아니다, 안 무섭다 등의 말을 늘어놓았다. 나는 얼떨결에 받아든 국방색 비행복을 입지도, 그렇다고 어디 버리지도 못한 채 들고 서 있었다. 세리는 나지막한 목소리로 다시 말했다.

"만약 네가 아닌 다른 사람이었다면 초계분지까지 같이 오지도 않았을 거야."

그 말을 듣자 오의 얼굴이 떠올랐다. 잠깐이지만 세리의 말에 흔들리기도 했다. 그러나 나는 역시 세리에게 안 하겠다고 말했다. 초계분지에 같이 온 것과 패러글라이딩은 나에게 차원이 다른 일이었다. 하지만 쉽게 포기할 세리가 아니었다. 세리는 어젯밤 차에서 나눴던 대화를 꺼냈다.

"내가 원하는 건 뭐든 해주겠다며."

세리는 '아이를 낳지 않으면'이라는 전제는 쏙 빼놓고 말하면서도 매우 당연한 요구를 한 것처럼 굴었다. 나는 어젯밤 차에서 했던 말을 다시 한번 강조해서 말했다.

"그래, 아이를 낳지 않으면."

"생각해볼게. 대신 너 역시도 패러글라이딩 하면서 한 번 더 고민해봤으면 좋겠어."

세리의 의외에 대답에 나는 아무 말도 하지 못하고 멍하니 있었다. 세리는 재차 생각해볼 거라고 말했다. 머릿속이 복잡해지기 시작했다. 일단 저렇게 말해두고서 약속을 지키지 않을 수 있었다. 만약 세리가 약속을 지켜 고심해본다고 하더라도 나중에 가서 아무래도 생각을 바꾸긴 어려울 것 같다고 말한다면 더 할 얘기도 없는 상황인 건 마찬가지였다. 그럼에도 나는 세리의 그 말 한마디에 크게 흔들렸다. 고민하는 사이 직원은 아직도 비행복을 입지 않았느냐며 재촉했다. 세리는 마치 약속을 지키겠다는 듯 내 손을 마주잡고 고개를 끄덕여 보였다. 나는 크게 숨을 들이마신 뒤 비행복을 입기 시작했다.

비행 준비는 직원의 도움으로 빠르게 이루어졌다. 몇 가지 주의사항을 들은 뒤, 헬멧과 장비를 착용했다. 그리고 도움닫기 하기 위해 지정된 자리에 섰다. 조금 전까지 비행복을 입으라며 재촉하던 직원이 자신이 비행사라며 내 뒤에 섰다. 그리고 비행사의 뛰어, 하는 소리와 함께 나는 달리기 시작했다. 몇 걸음 뛰지도 않았는데 몸이 붕 뜨기 시작했다. 동시에 뒤에서 패러글라이더 날개가 서서히 펼쳐지는 게 느껴졌다. 나는 크게 발을 구르며 이번 비행 한 번으로 모든 게 제자리를 찾았으면 좋겠다고 생각했다.

곧이어 나는 말 그대로 하늘을 날고 있었다. 긴장한 탓에 몸이 뻣뻣하게 굳어 있었지만 시간이 조금 지나자 점차 적응되는 듯했다. 비행사 역시 나를 배려하며 비행하고 있다는 게 느껴졌다. 비행사가 비행 방향을 천천히 초계분지 쪽으로 틀었다. 초계분지는 대암산 정상에서 보는 것과는 또 달랐다. 아마도 세리는 이 광경을 보여주고 싶어 나를 이곳까지 끌고 온 것 같았다. 자신의 어머니가 그날 운석을 보고 생각을 바꿨던 것처럼, 나도 그러기를 바라면서.

이왕 이렇게 된 거 한 번 더 고민해보라는 세리의 말

을 듣기로 했다. 나는 초계분지를 최대한 오랫동안 눈에 담으려고 노력했다. 아래를 볼 때마다 다리가 후들거렸지만 이를 악물었다. 초계분지를 계속 보고 있으니 어젯밤 꿈에서 본 크레이터가 떠올랐다. 꿈에 나온 크레이터 역시, 하늘 위에서 본다면 비슷한 모양일 것 같았다. 크레이터 안에서 밤새 걸었던 걸 생각하면 조금 더 넓고 깊을 수도 있었다. 문득 크레이터가 세레스가 남긴 흔적은 아닐 거라는 세리의 말이 생각났다. 하지만 내 생각에는 아무래도 세레스가 맞았다. 진짜 세레스가 아닌, 세레스에서 이름을 따온 세리가 나에게 다가와서 만들어진 흔적이었다. 그사이 비행사는 고도를 낮춰 하강하고 있었다. 바람과 정면으로 부딪히는 바람에 눈을 똑바로 뜨기가 쉽지 않았다. 나는 비행을 끝마칠 준비를 하며 꿈속에서 보았던 크레이터에 적당한 이름을 붙여주기로 했다. '세리의 크레이터'. 세리의 크레이터는 지금껏 지구에 충돌한 모든 천체가 그랬듯이 나에게 크고 작은 영향을 끼쳐왔다. 그리고 나역시도 세리에게 크고 작은 영향을 끼칠 거였다. 여전히 모든 건 불분명했지만 전보다 마음이 가벼워진 건 확실했다. 이제 착륙해야 할 때였다.

옆집에 행크가 산다

옆집 남자와 처음 만난 건 며칠 전 아침, 엘리베이터 안이었다. 그 남자의 첫인상은 상당히 강렬했다. 곰을 연상케 하는 거대한 체구의 흑인이었다. 하지만 그보다 더 놀라운 건 그가 행크와 닮았다는 거였다. 한때 유명한 격투기 선수였던 행크는 링 위의 야수, 그 자체였다. 또한 별명에 걸맞은 격투 스타일로 많은 인기를 누리기도 했다. 상대방을 쓰러뜨려 눕힌 뒤 그 위에 올라타 주먹을 내리꽂는 모습은 지금도 잊기 어려웠다. 어쨌든 나는 옆집 남자가 아무리 아니라고 부정을 해도 행크라는 생각이 들었고, 재빨리 휴대폰을 들어 행크

의 이미지를 찾아보았고, 결국 그가 행크라는 걸 의심
치 않게 되었다.

그럼에도 나는 쉽사리 말을 걸지 못했다. 이해하기
어려운 점이 한두 가지가 아니었다. 먼저 행크는 미국
인이었다. 그가 한국, 일본 등 아시아에서 많은 활동을
하긴 했지만, 한국에 산다는 이야기는 듣지 못했었다.
또한 행크가 은퇴한 지 꽤 오랜 시간이 흘렀다는 점을
감안하더라도, 그리고 야수라는 별명이 무색할 정도로
지루한 경기를 펼치다 은퇴를 했다고 해도, 그가 현역
시절 벌어들인 파이트머니를 떠올리면 스물네 평 아파
트는 너무 소박해 보였다. 심지어 플라스틱과 일반 쓰
레기가 잔뜩 실린 카트를 쥐고 분리수거를 하러 가는
모습은 낯설기만 했다. 나는 다시 한번 그를 힐끗 보았
다. 카트를 쥐고 있는 저 두꺼운 손에 글러브만 씌운다
면 영락없는 행크였다. 나는 고개를 끄덕였다. 그래,
옆집 남자는 링 위의 야수, 행크가 맞다!

팬으로서 그에게 짧은 인사 정도는 건네고 싶었다.
머릿속으로 적당한 인사말을 떠올렸다. '2010년 아부
다비에서 열린 경기는 제 인생에서 단연 손에 꼽는 명
경기입니다.' 조금 오글거리긴 해도 크게 개의치 않았

다. 다시 말하지만 상대는 무려 행크였다. 나는 헛기침을 하며 목을 가다듬은 뒤 안녕하세요, 하고 인사를 건넸다. 행크는 나를 향해 살짝 몸을 비튼 뒤 고개를 잠깐 숙였다. 인사라고 하기에도 그렇지 않다고 하기에도, 애매한 동작이었다. 그사이 엘리베이터는 일 층에 도착했다. 행크는 카트를 재빨리 밀며 엘리베이터에서 내렸다. 나는 준비했던 인사말을 꺼내지 못하고 그대로 행크와 헤어졌다.

"엘리베이터에서 행크를 봤어."

나는 그날 저녁, 민정에게 말했다. 그러나 민정은 내 이야기를 집중해서 듣지 않았다. 오로지 휴대폰만 보고 있었다. 지역 커뮤니티 카페에 글을 남기느라 정신이 없는 것 같았다. '서정신도시 입주자 모임'이라는 평범한 이름을 가진 이 카페는 말 그대로 서정신도시 내 아파트 입주민만 가입할 수 있는 지역 커뮤니티였다. 하루에도 수백 건의 글이 올라왔고 가입한 회원 수도 많아서 영향력이 상당했다. 그리고 민정은 그 카페에서 카페지기와 스태프를 제외하고 제일 높은 등급인 최우수 회원이었다. 민정은 최우수 회원답게 카페에

새로 가입한 회원이 올린 질문에 성실하게 답글을 남긴 뒤에야 나를 보며 물었다.

"뭐라고?"

나는 짜증이 났지만 이제 어느 정도 익숙해져 있기도 했다. 여전히 휴대폰을 들여다보고 있는 민정에게 행크를 만난 일을 상세히 이야기해주었다. 그제야 민정은 휴대폰을 내려놓고 나를 쳐다보았다.

"옆집에 행크가 이사 왔다고? 설마."

나는 고개를 끄덕였다. 민정은 나만큼이나 행크에 대해 잘 알고 있었다. 예전부터 자신의 이상형이 행크 같은 남자라고 말할 만큼 그의 팬이었다. 2012년 서울 그랑프리 대회 때는 행크를 응원하기 위해 나와 함께 경기장을 찾기도 했었다. 나는 예전 일을 떠올리자 아침에 행크가 내 인사를 무시한 것도 잊은 채 목소리가 점차 커졌다.

"서울 그랑프리 대회 기억해?"

"뭐 대충."

나는 민정의 태도와 무성의한 대답이 서운했다. 그렇게 짧고 간단하게 대답할 수 있는 경기가 아니었다. 상당히 오랜 시간이 지났지만, 적어도 두 시간은 쉬지 않고 떠들 수 있을 만큼 할 말이 많은 경기였다. 심지어 행크의 경기를 직접 현장에서 관전한 몇 안 되는 대회이기도 했다.

당시 행크의 상대는 입식 타격을 주무기로 하는 한국 선수였다. 행크는 1라운드 내내 한국 선수를 압도했다. 한국 선수가 언제 쓰러져도 이상할 게 없어 보였다. 2라운드 역시 행크가 주도권을 잡고 흔드는 양상으로 흘러갔다. 한국 선수를 응원하던 대부분의 관객은 일방적인 경기에 실망한 것처럼 보였다. 그러나 2라운드 종료 30초를 남기고 상황이 뒤집어지기 시작했다. 행크와 한국 선수가 서로 난타전을 하고 난 뒤였다. 행크의 얼굴이 일그러지더니, 왼손 가드가 내려갔다. 왼팔에 부상을 입은 것처럼 보였다. 가드를 올리지도 못한 채 남은 라운드를 한 손으로만 풀어가야 했다. 가드가 내려간 얼굴에 끊임없이 라이트와 하이킥이 날아들었다. 행크는 마지막 라운드까지 쓰러지지 않았지만, 결국 판정패했다. 행크는 경기가 끝나고 고통스러운 얼굴로 어깨를 부여잡으며 쓰러졌고 들것에 실려 나갔다. 민정은 그 모습을 보고 입까지 틀어막으며 소리 내 울었다.

"당신 그날 오열하듯 울었던 거 기억 안 나?"

그러나 민정은 휴대폰에 시선을 고정한 채 말했다.

"내가 그랬었나?"

나는 다시 한번 민정의 반응에 실망했다. 정말 그 경기를 잊은 거냐고 물었다. 민정은 대답 대신 모호한 웃음만 지어 보였다. 나는 민정에게 당시 행크가 어깨 부상을 당하기 전까지 경기장 상황을 설명했다. 관객들의 환호와 선수들의 표정에서부터 느껴지는 긴장감, 그리고 그 모든 것들이 어우러져서 만들어내는 경기장의 뜨거운 열기까지. 민정은 내 설명에도 아무런 반응이 없었다. 나는 민정이 일부러 그런다고 생각했다. 민정에게 네 이상형이 행크였던 건 기억이 나는지 물었다. 민정은 그 말에 단호히 고개를 저으며 중얼거렸다.

"무슨 소리야? 행크가 이상형이면, 오빠같이 허여멀건한 남자랑 결혼했겠어?"

나는 민정의 말이 은근히 서운했다. 허여멀건하다는 말도 서운했지만, 더 서운한 건 행크를 좋아하지 않는 것만 같은 태도였다. 아니, 민정은 이제 애초에 행크를 좋아한 적조차 없다는 듯이 굴었다. 나는 휴대폰만 만지작거리고 있는 민정을 앞에 두고 다 들리게끔 혼잣

말을 했다.

"내일 행크에게 사인도 받고 기념 촬영도 하자고 해야겠다."

"그런데 정말 행크 맞아? 그냥 닮은 사람이겠지."

민정은 그렇게 말한 뒤 서양 사람도 우리 볼 때 그렇겠지만, 흑인은 헤어스타일하고 체형만 비슷하면 얼굴 구분하는 게 쉽지 않다고 말했다. 또한 내가 오전에 엘리베이터 안에서 생각했던 의문스러운 점 몇 가지를 똑같이 나열하기도 했다. 행크가 미국인이라는 점과 엄청나게 벌어들인 대전료를 생각하면 우리 옆집에 살리 없다는 거였다. 아무래도 민정에게 직접 행크를 보여주는 편이 빠를 것 같았다. 나는 자리에서 일어나 주방으로 향했다. 이웃에게 인사 갈 만한 적당한 간식거리를 찾았다. 다행히 주방 찬장에 얼마 전 선물 받은 제과점 과자가 보였다. 준비를 마친 뒤 민정에게 옆집으로 가자는 고갯짓을 했다. 민정도 궁금했는지 자리에서 일어났다.

옆집 현관문을 앞에 두고 나와 민정은 서로를 쳐다보았다. 묘한 긴장감이 흘렀다. 옆집에 먼저 인사하러 가는 건 처음이었다. 더군다나 현관문을 열고 나올 행크를 상상하니 손에 땀까지 났다. 나는 손을 바지에 문지른 뒤 조심스럽게 초인종을 눌렀다. 초인종 소리가 끝날 때까지 옆집 안에서는 이렇다 할 소리가 들리지 않았다. 민정은 나에게 작은 목소리로 아무도 없는 것 같다고 했다. 나는 대답 대신 현관문에 귀를 조금 더 가까이 갖다 댔다. 여전히 인기척은 없었다. 맥이 빠진 민정이 돌아가자며 내 팔을 살짝 끌어당겼다. 나는 한 번 더 초인종을 눌렀다. 다행히 현관문 너머에서 누군가 다가오는 발소리가 들렸다. 민정도 들었는지 고개를 끄덕였다. 우리는 현관문을 열고 나올 행크를 상상하며 그 자리에 서 있었다.

문을 열고 나온 사람은 행크가 아니었다. 아담한 키를 가진 한국 여자였다. 여자는 현관문을 반쯤 열고 고개를 내밀었다. 나는 여자의 등장이 적잖이 당황스러웠다. 행크 외에 다른 사람은 전혀 생각지 못했다. 내가 당황하여 아무런 대답도 없이 서 있자 민정이 옆집에서 왔다며 재빨리 준비해온 제과점 과자를 건넸다. 나는 그제야 민정을 따라 인사했다. 옆집 여자는 문을 조금 더 연 뒤, 아직 짐 정리가 덜 끝나서 먼저 인사를 하러 못 갔다고 웃으며 말했다. 그 뒤에 민정과 옆집 여자 사이에 서로 잘 부탁한다는 형식적인 인사가 오고갔다. 나는 행크와 옆집 여자의 관계에 대해 생각했다. 둘이 부부라면 행크가 한국에 사는 게 말이 안 되는 것도 아니었다. 물론, 그 많던 대전료와 상금이 어디로 사라졌는지 이해가 안 되긴 했지만 그건 큰 문제는 아니었다. 갑자기 큰돈을 버는 경우는 매우 드물어도, 갑자기 큰돈을 잃는 경우는 종종 일어났다. 행크역시 후자일 수 있었다.

그런 생각을 하는 사이 민정과 옆집 여자의 대화가 끊겼다. 침묵이 이어지자 옆집 여자는 어색한 미소를 지으며 현관문 손잡이를 잡았다. 나는 이대로 아무 소득 없이 돌아가고 싶지 않았다. 민정에게 행크를 보여주지는 못하더라도 확인시켜주고 싶었다. 하지만 행크가 옆집에 사는지 확인할 만한 적당한 질문이 떠오르지 않았다. 겨우 몇 가지 질문을 머릿속으로 다시 떠올렸지만 막상 입 밖으로 꺼내려니 무례하게 느껴졌다. 처음 보는 사람에게 혼인 여부나 남편의 직업, 국적을 묻는 건 일반적이지 않았다. 옆집 여자는 문손잡이를 조금 더 자신 쪽으로 끌어당겼다. 더 할 말이 없다면 들어가겠다는 신호였다. 나는 급한 마음에 아무렇게나

말을 꺼냈다.

"혹시 격투기 좋아하세요?"

말을 꺼낸 나조차도 당혹스러웠다. 옆집 여자 역시, 어색한 미소를 지으며 곧장 민정에게 시선을 옮겼다. 마치 민정에게 어떻게든 해달라는 표정이었다. 민정은 느닷없이 그렇게 물으면 어떻게 하느냐며 타박했다. 그러곤 아침에 나와 행크가 마주친 일을 적당히 포장해 옆집 여자에게 설명했다. 민정은 내 실수를 발판 삼아 정중하면서도 솔직하게 옆집 여자의 남편이 우리가 생각한 그 사람이 맞는지 물었다. 옆집 여자는 억지 미소를 지으며 말했다.

"남편은 그냥 요 앞에 회사 다녀요."

옆집 여자가 의도적으로 질문을 피해가고 있는 것 같았다. 나는 옆집 여자의 애매한 대답 덕분에 행크가 맞구나, 하고 다시 확신했다. 동시에 알려지기를 원하지 않는다는 느낌을 받았다. 민정 역시 나와 비슷한 생각을 하는 것 같았다. 옆집 여자는 고마웠다고 나중에 한번 우리를 집에 초대하겠다는 말을 끝으로 현관문을 완전히 닫아버렸다.

민정의 반응은 처음과 달랐다. 집에 돌아와 침대에

누우며 뭔가 수상하다고 혼잣말을 중얼거렸다. 나는 내 말이 맞지 않느냐는 표정으로 민정을 내려다봤다. 하지만 민정은 금세 태도를 바꿔 인정하지 않는 듯한 모습을 보였다. 굳이 남편 직업에 대해 이야기하고 싶지 않을 수도 있다는 거였다. 그게 아니면 행크가 누구인지 못 알아들었을 수도 있을 거라고 했다. 나는 그새 말을 바꾼 민정이 얄미웠다. 답답한 마음에 민정을 향해 행크와 함께 사진을 찍어오겠다고 다짐하듯 말했다. 민정은 내 말을 듣고 갑자기 자리에서 일어났다. 그러곤 나에게 행크와 사진을 찍든, 밥을 먹든, 목욕탕을 가든 상관 않겠지만, SNS에는 절대 같이 찍은 사진을 올리지 말라고 했다. 민정은 매우 진지해 보였다. 조금 전까지 흥미가 떨어진 얼굴로 누워 있던 것과는 전혀 딴판이었다. 나는 민정에게 SNS에 사진을 올리지 않는다면 스타와 사진을 찍는 게 도대체 무슨 의미인지 되물었다. 민정은 내 말을 듣고 더욱 단호하게 대처했다. 절대 안 된다고 여러 번 덧붙여 말했다. 자신이 그렇게 결정 내리면 내가 무조건 따르리라 생각하는 어투가 우스우면서도 재미있었다. 나는 민정에게 이유를 알려주면 따르겠다고 대답했다. 민정은 잠시 망설이더니 어쩔 수 없다는 듯 나지막이 말했다.

"흑인이잖아. 우리 집값 떨어져."

나는 머리를 한 대 맞은 기분이었다. 행크가 부상으로 옥타곤에서 쓰러졌을 때 입을 가리고 눈물을 쏟아내던 민정과 지금 내 앞에 있는 민정이 같은 사람이 맞나, 싶었다. 동시에 얼마 전, 중학생 조카가 했던 말이 떠올랐다. 안티팬보다 무서운 건 탈덕한 팬이라는 그 말이 지금 민정과 딱 들어맞았다. 더군다나 SNS와 아파트 시세는 그다지 상관없어 보였다. 민정은 나를 보며 아이를 타이르는 투로 말했다. "나에게 인종차별주의자라고 욕해도 좋아. 그런데 우리 내년에 이사 계획 있어. 가뜩이나 우리 아파트 단지에 임대주택 비율이 높은 거 알고 있잖아. 그리고 그게 시세에 반영된 게 현실이고. 그런 상황에서 굳이 우리 옆집에 키가 이 미터가 넘고 체중이 백 킬로그램이 넘어가는 흑인이 산다고 광고할 필요 있을까?"

나는 다시 한번 머리를 맞은 기분이었다. 어떤 대답도 할 수 없었다. 그저 마음속으로 행크의 사진을 기필코 SNS에 올려야겠다고 다짐할 뿐이었다. 민정은 그제야 자신이 심했다고 생각했는지 행크에게 사인을 받으면 자신에게도 보여달라고 했다. 나는 됐다고 짧게 말한 뒤 자리에서 일어났다. 민정은 나를 달래줄 생각이 었는지 갑자기 행크의 승리 세리머니를 했다. 두 팔을 넓게 벌려 몸을 십자가로 만든 뒤 고개를 힘차게 끄덕이며 포효하는 그 포즈는, 몇 년 전까지만 해도 좋은 일이 생길 때면 우리가 잊지 않고 취했던 승리의 세리머니였다. 동시에 행크의 강인한 육체와 흔들림 없는 정신력을 존중, 요즘 말로 리스펙하는 의미를 담고 있었다. 민정은 세리머니 뒤에 나를 슬쩍 봤다. 예전이었다면 나 역시 민정을 따라 같이 세리머니를 해야 했다. 누군가 행크 세리머니를 하면 다른 한 사람이 따라하는 게 약속처럼 굳어져 있었다. 하지만 나는 그대로 뒤돌아 방을 빠져나왔다. 방안에서 민정의 목소리가 들려왔다.

"오빠, 불 좀 끄고 나가. 그리고 우리 내일 오전 아홉 시까지 나가야 해. 알지?"

나는 그 와중에 방으로 다시 들어가 불을 꺼주고 거실로 나왔다. 민정이 어딘가 변해버린 것 같아 씁쓸했다. 어쩌면 카페 활동을 시작하고부터일지도 몰랐다. 내일 오전 아홉 시에 나가는 것도 카페에서 시작된 집회에 참석하는 거였다. 집회 목적은 멸종위기종 2급 지정 동물인 하늘다람쥐를 보호하자는 거였다. 나는 민정이 처음 집회에 참석하자고 했을 때, 카페에도 순기능이 있다고 생각했다. 하지만 그 생각은 오래가지 않았다. 하늘다람쥐를 보호하자는 건 좋은 구실일 뿐, 실상은 이천 세대가 넘는 공공임대아파트가 들어서는 걸 반대하는 것이었다.

카페에는 하늘다람쥐를 지켜야 한다는 제목의 글이 여러 번 올라왔다. 제목과 달리 본문에는 하늘다람쥐에 관해서는 한 줄도 언급되어 있지 않았다. 오로지 공공임대아파트가 서정신도시에 끼치는 부정적인 영향에 대해서만 나열하고 있었다. 그마저도 너무 억지스러운 내용이 많았다. 먼저 공공임대아파트는 소형 평수여서 마치 닭장처럼 설계되었고 이로 인해 미관을 해칠 것이라고 적혀 있는 게 눈에 들어왔다. 그 밑에는 공공임대아파트 지원 조건을 가진 사람들 중 상당수가 한부모 가정, 보육원과 같은 아동복지시설 퇴소자, 다문화 가정이기 때문에 치안이 나빠질 것이라 적혀 있었다. 글 말미에는 앞으로 저녁에 호수공원을 산책하는 일상은 사라질 것, 이라며 빨간 줄로 밑줄까지 쳐놓았다.

민정은 최우수 회원답게 이런 글을 펴 나르는 데 거리낌이 없었다. 심지어 민정은 그게 사실이 아니란 걸 알고 있으면서도 개의치 않았다. 그보다는 집값을 지키는 게 더 중요해 보였다. 또한 은근히 나 역시도 함께 해주기를 원하는 분위기였다. 하지만 나는 공공임대아파트 반대 시위라는 걸 알게 된 뒤에는 이런저런 핑곗거리를 만들어가며 집회에 참석하지 않았다. 문제는 내일은 마땅한 핑곗거리를 내놓지 못한 상태라는 거였다. 어쩔 수 없이 민정을 따라 집회에 참석해야 할지도 몰랐다. 물론, 민정을 위해 한 번 정도는 집회에 참석해줄 수 있었다. 특별한 윤리의식을 가진 것도 아니었고, 민정과 부딪치고 싶지도 않았다. 그럼에도 카페의 글을 보거나 민정의 입에서 집값 이야기만 나오면 꺼림칙했다. 나는 하늘다람쥐가 그려진 피켓을 들고서 공공임대아파트 분양을 반대한다고 소리치는 모습을 상상해보았다. 여전히 내키지 않았다.

다음날 아침, 나는 집회에 참석하기 싫어 민정 몰래 집을 빠져나왔다. 근처 공원이라도 한 바퀴 돌면서 시간을 끌어볼 요량이었다. 엘리베이터도 마침 우리 집 층수에 있었다. 엘리베이터 버튼을 누르자 문이 열렸다. 그리고 나는 깜짝 놀라 잠깐 아무것도 못 한 채 얼어버렸다. 엘리베이터 안에 행크가 타고 있었다. 아마도 이제 막 내려가려던 엘리베이터를 내가 잡은 것 같았다. 엘리베이터에 타며 생각했다. 행크는 내가 자신을 보고 놀란 걸 봤을까? 아무래도 알고 있을 거였다. 보통 그런 행동이나 시선은 숨긴다고 숨길 수 있는 게 아니었다. 나는 엘리베이터 구석에 자리를 잡았다. 그리고 행크 때문에 집값이 떨어질 수 있다는 민정의 말을 떠올렸다. 나는 고개를 저었다. 지금 잠깐 놀란 건 흑인이어서가 아니었다. 키 이 미터에 몸무게가 백오십 킬로를 넘는 거구를 보면 누구나 인종에 상관없이 놀랄 수밖에 없을 거였다.

그런 생각을 하는 사이 엘리베이터는 일 층에 도착했다. 문이 열리자 몇몇 입주민이 엘리베이터를 타기 위해 기다리고 있었다. 그들은 모두 행크를 보고서 똑같은 표정을 지었다. 행크에게는 이미 익숙한 일인 것처럼 보였다. 고개를 숙이고 최대한 피해를 덜 주려는 듯 조심스럽게 몸을 틀었다. 하지만 행크가 몸을 틀어도 남들의 두 배 가까이 되는 부피는 어쩔 수 없었다. 자연스레 모두 행크에게 길을 터주는 모습이 만들어졌다. 행크는 최대한 빠른 걸음으로 엘리베이터를 내려 아파트 출입문을 빠져나갔다.

나는 행크의 뒷모습을 보며 예전 네바다에서의 경기를 떠올렸다. 2012년 서울 그랑프리가 끝나고 일 년 만에 이루어진 복귀전이었다. 나와 민정을 포함한 대부분의 팬이 생각보다 이른 행크의 복귀에 놀랐다. 그가 복귀하지 못할 거라는 전문가의 인터뷰를 실은 기사가 이미 여러 차례 보도된 터라 더욱 그랬다. 행크의 부상명은 어깨 회전근개 파열이었다. 파열 정도에 따라 다르지만 행크의 경우에는 심각했다. 재활만으로 원래의 몸 상태를 만들기 어려웠다. 그렇다고 수술을 한다면 선수 생명은 사실상 끝난다고 봐야 했다. 그런 행크가 겨우 일 년 만에 돌아온 거였다.

다만 조금 아쉬운 점은 행크의 대전 상대였다. 프로레슬링을 하다가 이종격투기인 MMA로 전향한 일본 선수였는데 전적이 초라한 편이었다. 3전 1승 2패로 랭킹권 바깥에 있는 선수였고 겨우 쌓은 1승마저도 판정패가 나왔어도 할 말이 없을 만큼 석연치 않은 구석이 있었다. 보통 이런 선수를 행크와 같이 지명도 있는 선수와 붙이는 일은 드물었다. 어쨌든 팬 대부분은 행크가 쉽게 이길 거라 예상했다.

행크의 등장은 언제나 그랬던 것처럼 화려했다. 웅장한 음악이 흘러나왔고 행크는 경기장에 들어서면서 포효했다. 팬들은 함께 포효하며 그의 복귀를 축하했다. 그때만 해도 경기장에 있는 그 누구도 행크의 승리를 의심하는 사람은 없어 보였다. 관객 대부분이 너무 이름값이 떨어지는 상대를 붙여놓았다며 주최 측을 탓했다. 그러나 막상 경기가 시작되자, 행크는 몸이 덜 풀렸는지 전처럼 저돌적인 모습은 보이지 않았다. 오히려 일본 선수가 초반부터 행크에게 달라붙었다. 결국, 일본 선수는 1라운드가 끝날 무렵 행크의 안면에 정확히 펀치를 꽂아 넣었다. 행크는 몸을 휘청거렸지만 이내 가드를 올리고 중심을 잡았다. 나는 겨우 중심을 잡는 행크를 보면서 불길한 예감이 들었다.

2라운드 역시 비슷한 양상으로 경기가 흘러갔다. 행크는 엉성한 잽과 느린 로킥만 반복할 뿐 이렇다 할 모습을 보여주지 못했다. 경기장을 찾은 관객 중 몇몇은 야유를 보내기 시작했다. 나와 민정 역시 아무 말도 하지 못한 채 텔레비전만 쳐다보았다. 행크는 사람들의 야유를 들은 듯 일본 선수를 향해 저돌적으로 들어갔다. 나는 행크가 무언가를 보여주겠구나, 생각했다. 아마 그 경기를 보는 대부분이 같은 생각이었을 거였다. 그러나 현실은 달랐다. 오히려 일본 선수의 어설픈 태클에 행크가 넘어졌다. 곧이어 일본 선수는 서브미션 기술인 길로틴 초크를 걸었고 행크는 너무 쉽게 걸려들었다. 그리고 고통스러워하더니 금세 경기를 포기하겠다는 의미인 탭을 쳐버렸다. 탭을 너무 빨리 치는 바람에 관객과 심판은 물론, 상대 선수까지 의아한 표정으로 행크를 보았다. 이내 경기장 한쪽에서 누군가 크게 웃었다. 그 웃음은 마치 전염되듯 경기장 전체를 가득 채웠다. 행크가 야수에서 광대로 전락하는 순간이었다.

행크는 그 뒤에도 은퇴하기 전까지 수십 경기를 했다. 대부분의 경기는 네바다 대회처럼 모두 우스꽝스러웠다. 등장할 때는 야수처럼 포효했지만 막상 경기가 시작되면 엉성한 주먹만 날리다가 탭을 치는 일이 반복되었다. 나는 강인한 전사였던 행크가 광대로 변했다는 사실에 충격을 받았다. 가능하다면 행크를 마주보고 묻고 싶었다. 당신에게 도대체 무슨 일이 벌어진 것이냐고!

다행히 나와 비슷한 사람이 또 있었다. 다큐멘터리 피디인 그는 내가 묻고 싶은 말을 그대로 담아 행크를 찾아갔다. 행크는 카메라 앞에서 성실하게 자신의 경기력이 왜 떨어졌는지 이야기해주었다. 피디는 그 이야기를 다큐멘터리를 제작해 무료로 공개했다. 나는 처음에 그 다큐멘터리를 봐야 할지, 말아야 할지 고민이 많았다. 경기력이 떨어진 이유가 궁금하긴 했지만 행크가 다큐멘터리까지 찍어가며 자신을 포장한다는 느낌을 지우기 어려웠다. 하지만 그런 고민이 무색하게 민정은 내 앞으로 노트북을 들고 와 다큐멘터리를 재생시켰다.

피디는 야수 행크가 아닌 인간 행크를 카메라에 담아내려고 노력한 것 같았다. 다큐멘터리 내용을 간략히 이야기하자면 행크는 사실 서울 대회에서 은퇴를 했어야 했다. 이미 그의 몸은 너무 혹사당한 상태였고 어깨 부상은 그 이상으로 심각했다. 그러나 그는 소속 회사와 계약 문제가 남아 있었다. 또한 부모님이 큰 빚을 지고 있어 계속 돈을 벌어야 했다. 행크는 돈을 벌어

가족을 지킬 수 있다면 명예 따위는 크게 신경 쓰지 않는다고 말했다. 처음 MMA를 시작한 것도 돈이 되었기 때문이고, UFC는 자신에게 직장일 뿐이라는 말도 덧붙였다. 일찍 탭을 친 것도 비슷한 이유였다. 자칫 무리하다가 한 번 더 부상을 당해서 옥타곤 위에 설 수 없을까봐 두렵다고 했다. 말미에는 팬들에게 실망감을 줘서 미안하다고 사과했다.

다큐멘터리를 다 본 뒤에 민정은 이제 행크를 용서할 수 있다고 말했다. 하지만 나에게 그건 쉬운 일이 아니었다. 어쨌든 행크는 팬을 저버린 거나 다름없었다. 나와 민정은 당연히 그 뒤로 행크의 경기를 보지 않았다. 아니, 민정은 아예 이종격투기에 흥미를 잃은 것 같았다. 나는 그래도 대회가 열릴 때면 가끔 다른 선수들의 경기를 챙겨 봤다. 행크에 관한 소식은 스포츠란에 올라오는 기사를 보는 것이 다였다. 기사 내용은 별 볼일 없었다. 기사 댓글란에는 대부분 행크를 조롱하는 글이 남겨져 있었다. 나도 한번은 댓글란에 느려터진 광대 녀석, 하고 적었다가 이내 지워버리기도 했었다.

그런 내가 그를 용서한 건 몇 년의 시간이 더 흐른 뒤였다. 우연히 유튜브를 통해 행크의 경기를 보게 되었다. 행크는 전보다 근육량이 빠져 보였다. 옥타곤 위에서 포효하는 모습도 전처럼 위협적이지 않았다. 또한 관중석 대부분이 비어 있어 전체적으로 느슨한 느낌이었다. 행크의 상대 선수는 더 했다. 애니메이션 캐릭터나 입을 법한 옷으로 분장하고 행크를 맞상대했다. 야수 행크의 모습은 어디에도 없었다. 그럼에도 행크는 진지한 태도로 경기에 임하고 있었다. 원투를 날리며 상대 선수를 구석으로 몰아넣었다. 그러다 상대 선수 반격에 다시 뒷걸음을 쳤다. 중간에 상대 선수의 망토를 밟고 넘어지기도 했다. 정상적인 시합이라 보기보다는 이벤트 매치의 성격이 강해 보였다. 나는 넘어졌다가 다시 일어서는 행크가 측은하게 느껴졌다.

경기는 행크의 판정승으로 끝났다. 사실 승패는 그다지 중요하지 않은 것처럼 보였다. 행크와 상대 선수는 서로를 끌어안아주었다. 많은 관중은 아니었지만 몇몇 팬들이 행크의 이름을 연호했다. 그러자 행크는 두 팔을 넓게 벌리고 고개를 크게 끄덕이며 옥타곤을 한 바퀴 돌았다. 행크 특유의 세리머니였다. 나는 그 모습을 보며 행크가 아직도 이종격투기 선수구나, 하고 생각했다. 야수로 불리던 시절 높은 랭킹으로 챔피

언을 위협하던 행크도, 캐릭터 복장을 한 상대와 끈질기게 맞서는 행크도 모두 같은 이종격투기 선수였다. 나는 행크에게 느꼈던 실망감이나 배신감이 어느 정도 해소되는 것만 같았다.

그 뒤, 나는 지난 몇 년간 행크가 어떤 경기를 해왔는지 찾아보았다. 행크는 UFC와 계약이 만료된 뒤 일본의 이종격투기 대회로 적을 옮겼다. 일본의 이종격투기 대회는 큰 규모는 아니지만 인기는 나쁘지 않았다. 특히 연예인이나 예전에 유명했던 선수, 혹은 영웅 분장을 한 캐릭터를 가진 선수 등이 많았다. 스포츠라기보다는 쇼에 가까운 느낌이 들었다. 어쨌든 행크는 적당한 인기를 갖고 있었고 성적도 중간 정도여서 꾸준히 경기에 출전하고 있는 것처럼 보였다. 또한 소속사와 계약 문제도 해결했고 부모님 빚도 다 갚았으며, 야수로 불리던 시절보다는 훨씬 적지만 꾸준히 파이트머니를 받아 상당한 재산을 모은 것으로도 알려졌다. 행크는 그 뒤에 두 차례 시합을 더 가진 뒤 팬들의 축하와 아쉬움 속에 은퇴했다.

은퇴한 뒤에는 행크의 소식을 접할 수 없었다. 당연한 일이었다. 은퇴한 격투기 선수, 그것도 선수 생활

말미에는 전혀 관심을 못 받았던 행크를 궁금해하는 사람은 거의 없을 거였다. 나 역시 행크를 점차 잊어갔다. 매번 챙겨 보던 이종격투기도 가끔 이슈가 되는 경기만 찾아보게 되었다. 이종격투기 선수들의 기술이나 경기력은 나날이 발전했다. 하지만 어떤 빅매치를 보아도 야수 시절의 행크만큼 매력적인 선수는 없었다.

그리고 어젯밤, 나는 행크가 은퇴 경기를 하기 전에 한 인터뷰를 보게 되었다. 인터뷰어는 행크 하면 가족이나 책임감 등의 낱말이 가장 먼저 떠오른다고 말했다. 아마도 행크가 부상을 당했을 때 은퇴를 선택하기보다, 돈을 벌기 위해 우스꽝스러운 캐릭터로 자리잡아가며 선수로 활동한 걸 염두에 둔 질문 같았다. 행크는 좀처럼 볼 수 없는 푸근한 웃음을 지으면서 말했다.

"앞으로는 가족뿐만이 아니라 가까운 이웃, 더 나아가 정의를 위해서도 싸울 생각입니다."

인터뷰어가 놀라는 표정을 짓더니, 그럼 그때마다 행크 특유의 세리머니를 볼 수 있는 것이냐고 물었다. 행크가 당연하다며 맞받아쳤다. 삼십 분가량 이어진 행크의 은퇴 인터뷰는 어딘지 모르게 짠한 구석이 있었다.

　마지막으로 인터뷰어가 앞으로의 계획을 물었다. 행크는 아무도 자신을 모르는 곳으로 가서 평범한 삶을 살고 싶다고 말했다. 다소 빤하지만 유명인이라면 누구나 한 번쯤 해볼 법한 말이었다. 다만, 행크의 경우에는 조금 성격이 달랐다. 행크는 단순히 유명세 때문에 피곤해서가 아니었다. 아직도 많은 사람이 행크를 조롱하고 비난했다. 행크는 자신을 좋아해주는 팬도 많지만, 일부 사람들은 여전히 자신을 지나치게 혐오한다고 말했다.

　나는 인터뷰를 보고 나서야 너무 성급했다는 생각이 들었다. 옆집 여자가 의도적으로 질문을 피했던 것도 행크의 인터뷰와 비슷한 맥락 같았다. 한국이 조용히 살기에 적합한지는 모르겠으나 고국인 미국이나 은퇴 직전까지 활동했던 일본보다는 상대적으로 나을 수 있었다. 게다가 여자는 한국 사람이었다. 어쩌면 행크와 옆집 여자는 떠밀려오듯 서정신도시까지 오게 된 것일지도 몰랐다.

　나는 더이상 행크에게 다가가면 안 될 것 같았다. 사인을 받거나 기념 촬영을 하는 일도 당분간 포기해야 할 것 같았다. 만약에 행크가 끝까지 정체를 숨긴다면, 너무 아쉽겠지만 나 역시도 모르는 척해야 한다고 생각했다. 그사이 행크는 더 멀리 걸어가버렸다. 행크가 눈앞에서 사라지자 이상하게 공원을 가야겠다는 생각도 사라져버렸다. 어디로 발걸음을 옮겨야 할지 막막했다. 휴대폰 벨이 울렸다. 아마도 민정일 거였다. 원래 계획대로라면 받지 않아야 했다. 그런데도 나는 민정과 사는 한 별수 없다는 생각이 들었고, 잠시 망설이다가 통화 버튼을 눌렀다.

민정은 곧바로 나에게 어디냐고 물었다. 나는 잠깐 아파트 단지를 산책 중이라고 대답했다. 민정은 집회에 가기 싫어 도망간 줄 알았다며 웃었다. 나는 집회 이야기를 듣자, 이상하리만큼 짜증이 치밀었다. 민정에게 집회 이야기 좀 그만할 수 없겠느냐고 되물었다. 민정 또한 목소리를 바꾸고 말했다. "그거 알아? 집회 이야기만 나오면 오빠가 나 집값에 미친 년 보듯이 행동하는 거? 왜 그래? 우리 집이야. 우리 집!"

민정은 그 뒤로도 나에게 쏟아내듯 집회의 당위성에 대해 설명했다. 공공임대아파트 이천 세대가 넘게 들어오면 가뜩이나 최악의 교통평가등급(FFF)인데 더욱 심해질 것이라는 점. 공공임대아파트 지구단위계획 구역이 지정될 때까지 주민들의 의견을 묻지도 않았고 공청회 한 번 진행하지 않았다는 점. 그 외에도 학교가 모자랄 것이라는 점과 녹지가 부족하다는 점도 이야기 했다. 무엇보다 공공임대아파트에 입주하는 신혼부부나 청년들 또한 안락하고 쾌적한 환경에서 살 권리가 있다는 말로 마무리 지었다. 민정은 그렇게 말한 뒤에도 속에 있는 무언가가 풀리지 않는지 숨을 거칠게 내쉬었다. 민정이 한 말은 모두 옳았다. 그럼에도 나는 민정이 나에게 화를 내고 있다기보다 자기 자신을 설득하고 있다는 느낌을 지울 수 없었다.

집회에 참석한 주민은 예상외로 많았다. 집회에 참여한 주민 중 누군가가 나에게 시위 피켓을 건넸다. 받아든 피켓에는 하늘다람쥐가 그려져 있었다. '졸속행정, 지구지정 철회하라'라는 문구만 아니면 유치원 교구재로 써도 될 만한 귀여운 느낌의 디자인이었다. 그때만 해도 나는 집회를 그냥 시청 앞에 가서 적당히 소리 좀 지르고, 적당히 팔 좀 흔들다가 오면 되는 것인 줄 알았다. 하지만 시청에 도착하자 느슨했던 분위기는 사라지고 긴장감이 돌았다. 집회 참가자 중 나이가 있어 보이는 어르신 한 분이 시청 로비를 마치 점령하듯 뛰어 들어갔다. 곧이어 로비 한가운데에서 욕설을 내뱉으며 당장 시장 나오라고 소리쳤다. 이어서 몇몇 집회 인원이 로비를 점령하듯 따라 들어갔다. 그중에는 민정도 있었다. 나는 민정을 따라갔다가 시청 로비가 사람들로 가득 차는 바람에 슬그머니 빠져나왔다. 그러고는 시청 앞에서 대기하는 집회 인원과 함께 자리를 잡았다.

사람들을 따라 피켓을 쳐들고 구호를 외쳤다가 피켓을 내리기를 반복했다. 나는 적당히 상황을 보다가 빠질 생각이었다. 역시, 한 십 분 정도 지난 뒤 사람들 사이에서 빠져나왔다. 피켓을 들고서 시청 정문 쪽으로 향했다. 그런데 뒤에서 웅성거리는 소리가 들려오면서 집회에 참석한 주민들이 내 쪽으로 몰려오기 시작했다. 나는 깜짝 놀라 옆으로 피했다. 주민들이 달려간 곳에는 이제 막 시청으로 들어온 차 한 대가 있었다. 주차한 뒤에 내린 사람은 주택공사 관계자인 것처럼 보였다. 주택공사 관계자를 둘러싸고 사람들은 목소리를 높였다. 시청에서도 큰 소리가 오고갔다. 주택공사 관계자는 계속 무슨 말을 했지만 주민들이 구호를 외치는 바람에 들리지 않았다. 주택공사 관계자가 주민들을 설득하고 주민들이 구호를 외치며 대치하는 상황이 계속되었다. 나는 어중간하게 가운데에 끼어 있는 상태였다. 자리를 피하고자 주변을 둘러보았다. 그리고 그때 내 눈에는 낯익은 뒷모습이 들어왔다. 행크였다.

행크는 시청 건물 입구, 그러니까 로비 앞에서 사람들에게 둘러싸여 있었다. 멀리 떨어져 있었지만, 오늘 아침, 아파트 단지를 빠져나갈 때 보았던 그 모습 그대로였다. 나는 도대체 행크가 왜 시청에 있는 건지 이해가 되지 않았다. 사람들에게 둘러싸일 만한 이유도 없었다. 시청 밖으로 가던 걸음을 돌려 행크에게 향했다. 로비에 가까워질수록 지구지정 철회하라, 라는 구호가 더욱 크게 들려왔다. 구호를 외치는 소리가 큰 탓에 행크와 주민들이 대치하며 싸우는 건 바로 앞까지 가서야 들을 수 있었다. 행크는 어눌한 한국어 발음으로 말했다.

"저는 이사, 시청에 신고하러 왔어요."

행크는 전입신고를 하러 왔다고 말하는 것 같았다. 이사 온 지 이틀이 지났으니까 지금 전입신고를 하러 온 건 전혀 이상할 게 없었다. 반면 주민들은 그렇게 생각하지 않는 것 같았다. 누군가 뒤에서 행크를 향해 소리쳤다.

"깜둥이! 너희 나라로 돌아가!"

어처구니가 없었다. 아직도 저런 소리를 하는 사람이 있다니. 부끄러워 얼굴이 화끈거렸다. 나는 행크의 표정을 살폈다. 행크의 표정이 무섭게 변해 있었다. 나는 이러다가 큰일 나겠다 싶어 중재에 나섰다. 행크를 둘러싼 주민들을 향해 무슨 일이냐고 물었다. 몇몇 주민이 행크가 집회에 참여한 어르신과 일부러 부딪쳤다고 말했다. 나는 서로 오해가 있는 것 같다고, 행크는 일부러 그런 짓을 할 사람이 아니라고 말했다. 그런데 내 말이 끝나기 무섭게 뒤에서 짐승이 울부짖는 듯한 소리가 들렸다. 나와 주민들은 그 소리에 너무 놀라 나자빠지듯 넘어졌다. 뒤를 돌아보자 행크가 경기를 막 앞둔 선수처럼 포효하고 있었다.

왜 행크의 현역 시절 별명이 야수였는지 알 것만 같았다. 주민들은 도망치듯 뒤로 물러섰다. 그러자 행크가 들고 있는 가방까지 내팽개친 뒤에 나를 포함한 주민들을 향해 다가왔다. 나는 사람이 그저 다가오는 것만으로도 이 정도 위압감을 줄 수 있다는 사실을 처음 알았다. 행크는 나와 주민들 바로 앞에 멈춰 섰다. 나는 마른침을 삼켰다. 곧이어 행크는 영어로 소리치기 시작했다. 나는 행크의 말을 대부분 알아듣지 못했다. 워낙 행크의 영어가 원어민 발음이었고 그마저도 흥분한 상태에서 빠르게 말한 탓이었다. 그럼에도 나는 행크를 진정시켜야 한다는 생각으로 소리쳤다.

"도와줄게요!"

나는 행크가 이해하지 못할까봐 영어로 다시 말했다. 아 윌 헬프 유! 행크는 그제야 목소리를 조금씩 누그러뜨렸다. 나는 기세를 몰아 재차 행크를 달랬다. 행크는 고개를 끄덕이며 진정하겠다는 듯한 제스처를 보였다. 행크를 둘러싼 주민들이 그사이 빠르게 흩어졌다. 행크는 사람이 다 흩어지고 나서야 바닥에 떨어진 서류 가방을 주워 먼지를 털었다. 그리고 외국인 특유의 어눌한 한국어로 물었다.

"이사, 신고 어디서 해요?"

나는 행크와 함께 시청 본관으로 향했다. 본관 로비는 여전히 집회에 참석한 사람들로 가득했다. 나는 사람들 사이를 비집고 들어가 어렵사리 민원실 문을 열었다. 민원실 또한 집회 때문에 굉장히 소란스러워 보였다. 로비에서 사람들이 또다시 구호를 외치는 소리가 들려왔다. 행크는 집회가 신경 쓰이는 것 같았다. 계속 뒤를 돌아보며 집중하지 못하는 모습이었다. 나는 행크를 대신해 시청 직원을 붙잡고 상황을 설명했다. 얼마 뒤 한 직원이 나와 행크를 민원실 가장 끝자리에 앉아 있는 다른 젊은 직원에게 안내했다.

젊은 직원은 신분증과 부동산 계약서를 달라고 말했다. 나는 행크에게 직원의 말을 그대로 반복했다. 행크는 서류 가방을 열어 계약서와 신분증을 꺼냈다. 시청 직원은 계약서와 외국인등록증을 받아든 뒤에 전입신고서를 작성해야 한다며 종이 한 장을 건넸다. 행크는 내 도움을 받아 신고서를 작성했다. 이름과 주소 전화번호를 차례로 적어나갔다. 나는 그 모습을 가만히 지켜보았다. 그리고 무언가 이상하다는 걸 깨달았다. 신고서 맨 위에 '성명란'에 행크가 적은 이름이 'Hammerin Hank'가 아닌 'DeShawn Watson'으로 되어 있었다. 나도 모르게 행크가 적은 이름을 소리 내 읽었다.

"드숀 왓슨?"

행크는 고개를 끄덕였다. 신고서 맨 위에 적어놓은 자신의 이름을 직접 손가락으로 가리키며 말했다.

"드숀 왓슨. 제 이름입니다. 고맙습니다."

마침 직원이 신분증과 계약서를 돌려주었다. 나는 행크보다 먼저 신분증과 계약서를 확인했다. 신분증과 계약서에도 마찬가지로 DeShawn Watson, 신고서에 적은 것과 같은 이름이 적혀 있었다. 나는 신분증을 손에 든 채 행크의 얼굴을 쳐다보았다. 행크는 내 표정을 읽었는지 무언가 잘못되었느냐고 물었다. 그제야 나는 행크의 목소리가 내가 알고 있던 행크의 목소리와는 다르다는 걸 알아차렸다. 또한 민정이 했던 말도 떠올랐다. 다른 인종의 사람 얼굴을 구분하는 건 쉽지 않고, 아마도 옆집 남자는 행크를 닮은 흑인일 거라고.

행크, 아니 옆집 남자 왓슨 씨는 나에게 왜 그러느냐는 표정을 지어 보였다. 나는 그제야 아무것도 아니라고 말한 뒤 왓슨 씨에게 신분증과 계약서를 돌려주었다. 왓슨 씨가 신고서를 제출하자 조금 뒤에 직원이 다 되었다고 말했다. 왓슨 씨는 나와 직원에게 번갈아 고맙다고 인사했다. 나는 인사를 받으면서도 머릿속이 혼란스러웠다. 동시에 지금까지 완전히 행크로 착각했던 게 우습기도 했다.

왓슨 씨는 전입신고를 한 덕분인지 조금 여유가 생긴 모습이었다. 집회에 참석한 사람들을 가리키며 무슨 집회를 하는 것이냐고 물었다. 나는 어떻게 대답해야 할지 머릿속으로 생각했지만 마땅히 떠오르는 말이 없어 머리를 긁적였다. 그때 민원실 문이 열리고 몇몇 사람이 하늘다람쥐 피켓을 들고서 들어왔다. 왓슨 씨는 피켓을 보더니, 나에게 영어로 속삭이듯 말했다. 들리는 단어 몇 개를 조합해봤을 때, 대충 환경운동쯤으로 알아차린 것 같았다. 나는 여전히 고개를 끄덕이기에도, 그렇다고 아니라고 하기에도 모호해 대답하지 못했다. 그사이 피켓을 들고 선 사람이 우리를 향해 다가와 앞에 섰다. 곧이어 민원실 문이 또다시 열렸다. 이번에는 경찰이었다. 나는 그제야 이들이 조금 전 왓슨 씨와 부딪쳤다며 소동을 일으켰던 주민들이라는 걸 알아차렸다.

주민들 중 대머리 남자는 유독 목소리가 컸다. 경찰관에게 왓슨 씨가 일부러 자신의 아버지와 부딪쳤다고 한참을 설명했다. 대머리 남자의 목소리는 아까 전 소동 때 깜둥이 발언을 했던 사람과 같아 보였다. 왓슨 씨는 아직 한국어가 서투른 탓인지 무슨 말이 오가는지 모르는 것 같았다. 그저 자신은 전입신고를 하러 왔다고만 이야기하고 있었다. 그마저도 어눌한 발음 때문에 잘 전달이 되지 않았다. 나는 갑자기 피곤이 몰려왔다. 이제 집에 돌아가 쉬고 싶은 마음뿐이었다. 어쨌든 왓슨 씨의 전입신고도 도와주었고 이 정도 했으면 됐지, 하는 생각이 들었다. 무엇보다 경찰까지 와 있는 마당에 내가 할 건 없어 보였다.

나는 슬쩍 몸을 돌려 자리를 벗어났다. 그대로 민원실을 빠져나갈 생각이었다. 하지만 대화는 점점 이상한 방향으로 흘러가기 시작했다. 대머리 남자는 왓슨 씨가 계획적으로 집회를 방해하러 온 사람이라고 주장했다. 나는 처음에 그게 무슨 말인지 알아듣지 못했다. 하지만 대머리 남자의 친절한 설명 덕분에 속뜻을 이해할 수 있었다. 대머리 남자는 왓슨 씨가 추후 지어질 공공임대주택에 들어오려 한다고 말하고 있었다. 다문화 가족에게도 일정 부분 공공임대주택을 저렴하게 임대하니까, 거기 지원하지 않겠느냐고 지레짐작하고 있던 거였다. 나는 대머리 남자의 황당한 주장을 듣자, 마치 발이 묶인 느낌이었다. 심지어 어려운 낱말이 나오자 눈만 껌뻑이고 있는 왓슨 씨를 보고 있으려니 더욱 외면하기 힘들었다.

그사이 집회의 열기는 더욱 고조되었다. 로비에서 구호를 외치는 소리가 연달아 들려왔다. 아무래도 주택공사 임직원이나 시장 등이 온 것 같았다. 로비에 사람이 몰린 탓인지 민원실에 또다시 집회에 참석한 주민이 여럿 들어왔다. 그중 몇은 대머리 남자를 발견하고는 옆으로 다가와서 무슨 일인지 묻기도 했다. 조금 전처럼 주민들이 왓슨 씨를 둘러싼 형태가 되었다. 하지만 분위기는 달랐다. 이번에는 왓슨 씨가 뒤로 물러섰다. 나는 그 모습을 그저 지켜만 보고 있었다. 그때 뒤에서 누군가 내 어깨를 잡았다. 뒤돌아보자 민정이 있었다.

"무슨 일이야?"

나는 보다시피 우리 옆집에 사는 남자, 왓슨 씨가 오해를 겪고 있다고 했다. 민정은 고개를 끄덕이며 말했다.

"행크는 아니었네."

"응, 그렇네."

"그래도 닮긴 했다."

나와 민정은 그렇게 대화를 주고받은 뒤 한동안 아

무 말도 없었다. 그러나 왜인지 모르게 다시 왓슨 씨를 도와야겠다는 생각이 들었다. 이웃을 돕고 정의를 실천하겠다는 행크의 인터뷰가 떠올라서 나선 건 아니었다. 왓슨 씨가 행크와 지나치게 닮은 탓에 친근해서도 아니었다. 물론, 하늘다람쥐를 지키겠다는 핑계를 대며 공공임대주택을 반대하는 주민들이 마음에 안 들어서도 아니었다. 굳이 이유를 대자면 그저 대머리 아저씨가 마음에 들지 않아서였다.

나는 왓슨 씨를 향해 걸어갔다. 그러면서 어떻게 도울지 생각했다. 문득 행크의 경기 전 세리머니가 떠올랐다. 나는 두 팔을 넓게 벌려 몸을 십자가로 만들 계획을 세웠다. 그리고 고개를 힘차게 끄덕인 뒤에 포효할 생각이었다. 내가 그렇게 행동한다면 대머리 남자도 경찰관도 왓슨 씨도 민정도 그리고 그 외 민원실에 있는 모두가 나를 쳐다볼 거였다. 나는 마치 행크가 된 것처럼, 옥타곤에 서 있는 격투기 선수처럼 다시 한번 크게 포효할 것이었다. 내가 울부짖는 소리는 민원실과 시청 로비를 넘어 멀리 퍼져나갈 것이고, 아주 멀리 퍼져 누군가의 옆집에 살고 있는 행크에게까지 들릴 것이었다.

낯선 이와 우연히

황현경(문학평론가)

　명백히 모든 소설은 인간에 대한 것이고, 이는 또한 모든 소설이 '관계'에 대한 것이라는 말이기도 하다. 설령 소설이라는 예술을 한없이 회의한들, 그것이 우리가 '함께' 살아가는 문제에 대해 언제나 고민해왔다는 것까지는 도저히 기각할 수 없다. 우리가 언제나 함께 살아왔으며 또 언제나 함께 살아가야 한다는 명백한 사실 앞에, 그렇듯 소설이라는 장르는 자부도 자조도 없이 제 몫을 묵묵히 수행한다. 관계에 대하여서만큼은 언제나 더 많은 이야기가 언제나 더 많이 있어도 좋다는 마음으로, 이 두 편의 소설들을 읽는다.

*

「옆집에 행크가 산다」는 주인공 '나'가 낯선 이와 우연히 마주치는 장면에서 시작한다. 그는 어쩌면 '행크'다. '나'와 아내 민정이 한때 열광했던 '링 위의 야수'. 그 시절 '나'가 아내와 함께 관전했던 시합에서 어깨 부상을 입고도 버티다 결국 판정패를 받아들고, 사실상 선수 생명이 끝난 상태로 일 년 만에 다시 오른 링에서 기대 이하의 모습으로 광대가 되어버렸으며, 그러고도 시답잖은 시합들을 수십 회나 이어가다 수순처럼 은퇴한 비운의 파이터. 그런 행크가 스물네 평 아파트 옆집으로 이사를 와서, 플라스틱과 일반 쓰레기가 잔뜩 실린 카트와 함께 엘리베이터 안에 서 있다.

쉽게는 가능할 것 같지 않은 이 설정에 대해 소설은 내내 천연덕스러운 태도를 고수한다. 다만 '나'만은 도저히 그럴 수는 없으리라는 생각과 그래도 혹시 모르는 일이라는 생각 사이를 바삐 오락가락한다. 민정과 함께 인사를 핑계로 옆집을 찾아가서는 그의 아내인 듯한 여자에게 취조 아닌 취조를 행했을 때에도, 어느 날 다시 엘리베이터에서 만난 그를 흘깃거리는 동안에도 그대로였던 '나'의 의구심은, 전입신고를 하러 왔다던 그를 시청에서 만나 도와주다 신고서에 적힌 이름을 직접 확인하게 되는 순간에 이르러서야 간신히 해소된다. Hammerin Hank가 아닌 DeShawn Watson, 이것이 그의 이름이다.

어찌 보면 해프닝에 불과할 이 이야기는, 그러나 '나'와 민정이 사는 그곳에 이천 세대가 넘는 공공임대아파트 건설이 예정되어 있다는 맥락이 더해지면서 사소하지만은 않은 의미를 획득한다. 이러한 맥락은 그가 행크든 아니든 함께 사진을 찍어 SNS에 올리는 짓은 절대로 하지 말라던 민정의 이런 말에서부터 차곡차곡 추가된다. "흑인이잖아. 우리 집값 떨어져." 민정이 최우수 회원으로 활동하는 인터넷 카페의 구성원들이 하늘다람쥐 보호라는 허울 뒤에 감추고 있는 흑심도 이와 다르지 않다. '우리'의 범주에 포함시킬 누군가를 직접 택하겠다는, 구별 짓기를 통한 배제를 꿈꾸는 그들의 욕망이 타인에 대한 혐오임은 물론이다.

민정은 그 뒤로도 나에게 쏟아내듯 집회의 당위성에 대해 설명했다. 공공임대아파트 이천 세대가 넘게 들어오면 가

뜬이나 최악의 교통평가등급(FFF)인데 더욱 심해질 것이라는 점. 공공임대아파트 지구단위계획구역이 지정될 때까지 주민들의 의견을 묻지도 않았고 공청회 한 번 진행하지 않았다는 점. 그 외에도 학교가 모자랄 것이라는 점과 녹지가 부족하다는 점도 이야기했다. 무엇보다 공공임대아파트에 입주하는 신혼부부나 청년들 또한 안락하고 쾌적한 환경에서 살 권리가 있다는 말로 마무리 지었다. 민정은 그렇게 말한 뒤에도 속에 있는 무언가가 풀리지 않는지 숨을 거칠게 내쉬었다. 민정이 한 말은 모두 옳았다. 그럼에도 나는 민정이 나에게 화를 내고 있다기보다 자기 자신을 설득하고 있다는 느낌을 지울 수 없었다.

「옆집에 행크가 산다」, 64~65쪽

자기 자신을 설득하고 있는 게 민정과 카페 회원들뿐일까? 아니, 다시 첫 장면으로 돌아가 거기 '나'의 생각을 엿보자면 이렇다. '나'는 "곰을 연상케 하는 거대한 체구의 흑인"인 그로부터 강렬한 첫인상을 받는다. 그러한 일종의 위압감은 "그가 행크와 닮았다는" 것에 힘입어 누그러진다. 재빨리 휴대폰을 들어 행크의 이미지를 찾아본 후 '나'는 "결국 그가 행크라는 걸 의심치 않게 되었다." 그렇다면 그 짧은 시간 동안 '나'가 마침내 받아들인 것은 옆집 남자의 '낯섦'이 아니다. 그것은 도리어 '낯익음', 곧 '아는 사람'이라는 판단(혹은 착각)에 가깝다. 말하자면 '나'는 '내가 안다'는 것에 스스로 설득된 후에야 그를 이웃으로 받아들인다.

그러니 결말 직전까지도 '나'가 친근하게 느끼는 이는 옆집 남자라기보다는 그저 행크다. 결론만 배제와 수용으로 다를 뿐, 편협한 구별 짓기의 논리로 스스로를 설득하는 메커니즘은 다를 게 하나 없지 않은가. 이러한 맥락에서 이 소설이 결말에 이르러서도 그가 행크일 가능성을 완전히 지워버리지 않는 것, 이를테면 Hammerin Hank가 혹시 활동명일 수도 있음을 넌지시 암시하는 것은 주목할 만하다. 요컨대 '나'의 환대는 '내가 아는' 그를 향해서만, 그를 '내가 아는' 만큼만 조건부로 작동해왔던 것이다.

그러나 왜인지 모르게 다시 왓슨 씨를 도와야겠다는 생각이 들었다. 이웃을 돕고 정의를 실천하겠다는 행크의 인터뷰가 떠올라서 나선 건 아니었다. 왓슨 씨가 행크와 지나치게 닮은 탓에 친근해서도 아니었다. 물론, 하늘다람

쥐를 지키겠다는 핑계를 대며 공공임대주택을 반대하는
주민들이 마음에 안 들어서도 아니었다. 굳이 이유를 대
자면 그저 대머리 아저씨가 마음에 들지 않아서였다.

_「옆집에 행크가 산다」, 75쪽

그랬던 '나'가 곤경에 빠진 행크, 아니 왓슨 씨에게
다가간다. 행크, 아니 왓슨 씨가 공공임대주택 반대 시
위를 계획적으로 방해하려 했다며 모함하는 저 대머리
아저씨 때문이라고? 아니, 작가가 '굳이 이유를 대자
면' 그렇다고 분명히 적어놓았기에, 오직 '왜인지 모르
게' 그런 생각이 들었다는 것만이 진실이다. 그렇게 자
기 자신도 알지 못하는 마음으로, 달리 말해 '무조건적
으로', 이제 '나'가 (행크도 왓슨도 아닌) '그'라는 한 사
람에게 다가간다. 서로 난생처음 대면하는 온전한 타
인으로서, 둘은 비로소 만날 것이다.

*

낯선 이와 우연히 마주치는 장면이 그 시작이라 했
던가. 이제 와 다시 생각하건대 '낯선 이'는 괜한 부연

이겠다. 막상 우리부터가 매 순간 우리도 모르게 변해 가고 있는데, 하물며 다른 누군가라면 내게 어찌 낯설 지 않을까. 그렇게 보자면 '우연히'도 괜한 중복이겠 다. 언제나 처음으로 마주하게 되는 타인이건대, 그런 모든 만남이 애초부터 우연이 아니고 무얼까.「세리의 크레이터」식으로 말하자면 이런 이야기다.

세리는 운석 대부분이 화성과 목성 사이의 소행성대에서 온다고 알려주었다. 소행성대는 수많은 소행성으로 이루 어져 있는데 그중 하나가 우연히 목성의 인력에 이끌려 소행성대를 이탈한 뒤, 다시 태양의 인력에 이끌려 태양 을 향해 날아오다가 또다시 지구의 인력에 우연히 이끌려 지구로 떨어져야 운석이 된다는 거였다. 쉽게 말해 소행 성이 목성, 태양, 지구 순으로 인력에 이끌려 떨어져야 한 다는 얘기였다.

_「세리의 크레이터」, 22~23쪽

설명을 마친 세리는 웃으며 덧붙인다. "다시 말해 나 는 수많은 우연이 겹쳐져 태어날 수 있었던 거야." '나' 의 친구이기도 한 '오'와의 사이에서 잉태된 아이를 품은 채 '나'의 차에 올라 초계분지로 함께 향하던 세리가 저 수많은 우연들을 언급한 것은 비단 미혼모였던 어머니가 하늘에서 운석이 떨어진 것을 보고서 자신을 낳기로 결심했음을 상기시키려는 의도에서만은 물론 아닐 것이다. 오와 헤어진 세리가 '나'와 연인이 된 것도 우연이라는 말로밖에는 설명할 수 없는 일 아닌가. 더불어 십 년 넘게 알고 지내던 세리를 같이 살게 된 한 달 조금 넘는 시간에 도리어 더 많이 알게 되었다면, 그 낯설던 세리와의 모든 순간이 '나'에게는 다 우연이지 않은가.

말하자면 「세리의 크레이터」는 그러한 우연들의 연쇄를 그들의 만남이라는 결과의 원인으로 이해해보려는, 그리고 함께일 앞으로의 시간들을 마저 필연의 사슬로 이어보려는 연인들의 이야기다. 그러하다면 긴요한 것은 세리에게 찾아온 그 작은 생명을 '그들'의 범위 안에 기꺼이 포함시키는 일일 테다. 엄마가 보았을 그 운석을 다시 볼 수는 없으니, 혹은 하늘을 가만히 올려다본다고 운석이 떨어지는 것은 아니니, 세리는 운석의 흔적이라도 간직한 초계분지행을 '나'에게 제안한다. '나'도 짐작하였듯 그것은 결심을 위해서라기보다는 결심을 확인하기 위해서다.

하지만 "세리, 오와 세리 사이에서 낳은 아이, 그리고 내가 함께 서 있는 모습"이 '나'에게는 쉽게 받아들여질 리 없다. 그러니 다시금 세리에게는 이 여행이 자신의 결심을 '나'에게 이해시키기 위한, 차라리 전염시키기 위한 여정으로서의 의미를 지니게 된다. 달리 말해 '자신, 오와 자기 사이에서 낳은 아이'라는 그 가족 안으로 '나'가 기꺼이 걸어 들어오는 것이 그녀의 소망이다. 그러한 가족의 탄생을 맞이하려면 '나'에게 필요한 것은 더도 덜도 말고 단 한 번의 결정적 순간일 터, 바로 이 장면이다.

곧이어 나는 말 그대로 하늘을 날고 있었다. 긴장한 탓에 몸이 뻣뻣하게 굳어 있었지만 시간이 조금 지나자 점차 적응되는 듯했다. 비행사 역시 나를 배려하며 비행하고 있다는 게 느껴졌다. 비행사가 비행 방향을 천천히 초계분지 쪽으로 틀었다. 초계분지는 대암산 정상에서 보는 것과는 또 달랐다. 아마도 세리는 이 광경을 보여주고 싶어 나를 이곳까지 끌고 온 것 같았다. 자신의 어머니가 그날 운석을 보고 생각을 바꿨던 것처럼, 나도 그러기를 바라면서.

_「세리의 크레이터」, 34쪽

자기는 패러글라이딩을 할 수 없는 상황이니 네가 하라던 세리의 이상한 논리에 등 떠밀린 결과이지만, 그것이 세리가 자신의 마음을 전하기 위해 마련한 것이었음을 '나'는 마침내 깨닫게 된다. 그 깨달음은, 마치 "몇 걸음 뛰지도 않았는데" 붕 떠올랐던 '나'의 몸처럼, 초계분지의 모습을 하늘에서 마주하자마자 불현듯 찾아온다. 그러고 보니 여정의 첫날, 꿈속에서 '나'는 세리의 이름을 따온 소행성인 '세레스'의 크레이터 안에 이미 서 있지 않았던가. 아니, 이 여정의 시작 자체부터가 이미 결론을 예비하고 있던 것 아니던가. 그렇듯 '나' 또한 저도 모르게 이미 결심한 바이기에, 다만 결심이 아니라 결심의 확인이 필요했던 것이기에, 거창한 계기나 너무 많은 시간 따위 필요하지 않았으리라.

비행을 끝마칠 준비를 하던 '나'는 꿈속에서 보았던 크레이터에 '세리의 크레이터'라는 이름을 붙이기로 결심한다. 세리가 "지금껏 지구에 충돌한 모든 천체가 그랬듯이 나에게 크고 작은 영향을 끼쳐왔"다는 것을 인지한 이상, "나 역시도 세리에게 크고 작은 영향을 끼칠 거"라는 기꺼운 예감은 필연적 귀결이 아닐 수 없다. 낯모를 누군가에게 충돌하여 그에게 지워지지 않을 흔적을 남기는 일, 여태껏 '우연'이라 불러본 그것의 또다른 이름은 '관계'여도 좋겠고 '기적'이어도 좋겠다. 그 기적 같은 만남의 자리가 천상이 아니라 우리가 사는 여기, 이 지상이라는 것이 새삼 축복으로 느껴지는 지금이다.

「세리의 크레이터」를 쓰면서 가장 많이 들은 음악은 류이치 사카모토의 음악이었다. 소설을 쓸 때면 가사 없는 음악을 듣는 편이다. 가사가 있으면 소설에 몰입하지 못한다. 자꾸 노래를 흥얼거리게 된다. 구체적으로 말하자면 '세리'가 다른 남자의 아이를 가졌다고 말하는 심각한 장면을 쓰면서도, 지코로 빙의해 어깨를 들썩거리며 랩을 내뱉는 것이다. 물론, 랩을 하면서도 소설을 쓸 수 있다면 더할 나위 없겠지만, 나는 아직 그 정도 경지에는 이르지 못한다.

「옆집에 행크가 산다」는 대부분이 오후 2시부터 오후 6시 사이에 쓰였다. 저 시간대에 소설을 쓴다는 건 나에게 꿈같은 얘기였다. 내 생각에 오후에 소설을 쓰는 작가가 있다면 대부분 전업 작가일 거였다. 하지만 안타깝게도 나는 전업 작가가 아니었다. 대신 공인중개사 사무소에서 일하고 있었다. 어머니가 대표였고, 나는 실장이라는 직함을 달고 있었다. 아마도 우리 대표님은 꽤 힘들었을 거였다. 하나뿐인 직원이 계속 소설을 쓴다고 사라졌으니까. 덕분에 계약 건수가 꽤 줄었고 나는 이제 더는 저 시간에 소설을 쓰지 않았다.

「세리의 크레이터」는 다른 많은 작가가 그렇듯 밤에 썼다. 정민은 밤마다 소설을 쓰는 나를 위해 커피 머신, '네스프레소 버츄오'를 사야 한다고 주장했다. 거품이 많아서 향도 좋고 맛도 진하다며 분명히 내 소설에 큰 도움이 될 거라고 설득했다. 나는 주말이 아니고서야 다음날 출근을 위해 어지간하면 커피를 마시지 않는다고 말했다. 정민은 나를 똑바로 보며 물었다.

"언제 소설을 가장 많이 쓰는데?"

나는 정민을 보며 조심스럽게 대답했다.

"주말?"

정민은 마치 내가 정답을 잘 찾아냈다는 듯 좋아하며 말했다.

"이거 하나면, 소설을 훨씬 잘 쓸 수 있을 거야."

덕분에 나는 「세리의 크레이터」를 쓰면서 많은 커피를 마셔야 했다. 첫 문장을 쓸 때는 에티오피아 원두가 들어 있는 캡슐, 두번째 페이지에 들어갈 때는 멕시코, 그다음은 콜롬비아가 나에게 건네지는 식이었다. 잠이 오지 않은 탓에 「세리의 크레이터」는 더 잘 쓸 수 있었다.

「옆집에 행크가 산다」를 쓰면서 걸린 시간은 104시간 40분 31초였다. 나는 소설을 쓸 때마다 스톱워치로 항상 시간을 기록한다. 「세리의 크레이터」도 비슷하게 걸렸다. 그리고 또 이 책에 실리지 않은 작품이 여럿 있다. 나는 가끔 소설을 쓴 시간을 더해보곤 하는데, 그러면 상당한 숫자가 나왔다. 나는 이 시간 동안 무대에서 홀로 찢어진 북을 두드리는 기분이었다. 아무리 크게 두드려도 북은 울리지 않을 거란 생각을 하기도 했었다.

하지만 나는 정말 이상하게도 그런 생각을 하다가도 또다시 류이치 사카모토의 음악을 들었고, 사무실에서 몰래 빠져나와 소설을 쓰러 갔다. 또 밤에는 정민에게 추천받은 커피 캡슐로 커피를 내린 뒤 책상 앞에 앉았다. 그렇다, 사실 나는 감사하다고 말하고 싶었다. 우리 대표님에게도, 정민에게도, 류이치 사카모토에게도 그리고 내 북소리를 들으려 귀를 기울여준 많은 사람에게 감사하다. 마지막으로 찢어진 북을 소리 나게끔 해준 편집자님에게도 감사하다는 말을 전한다.

2022년 11월
정남일

정남일

1988년 경기도 성남에서 태어났다.
2017년 단편 「라스트 장용영」으로 〈영남일보〉 문학상을 받았다.
2021년 단편 「냉장고의 미래」로 천강문학상 우수상을 받았다.

세리의 크레이터

초판 1쇄 인쇄 2022년 12월 13일
초판 1쇄 발행 2022년 12월 23일

지은이 정남일

편집 강건모 이희연 정소리 | 디자인 윤종윤 이주영
마케팅 배희주 김선진 | 저작권 박지영 형소진 이영은 김하림
브랜딩 함유지 함근아 김희숙 고보미 박민재 박진희 정승민
제작 강신은 김동욱 임현식 | 제작처 영신사

펴낸곳 (주)교유당 | 펴낸이 신정민
출판등록 2019년 5월 24일 제406-2019-000052호

주소 10881 경기도 파주시 회동길 210
문의전화 031-955-8891(마케팅) 031-955-2692(편집) 031-955-8855(팩스)
전자우편 gyoyudang@munhak.com

인스타그램 @gyoyu_books 트위터 @gyoyu_books 페이스북 @gyoyubooks

ISBN 979-11-92247-67-0 03810

이 책은 경기도, 경기문화재단의 지원을 받아 발간되었습니다.